KB005406

매우 초록

VERY
GREEN

매 우 초 록

어쩌면 나의 40대에 대한 이야기

노석미
산문집

ㄴㄴ〉〈ㄷㄴ

저물기 직전 초록색들은 그 끄트머리에 무겁게 씨앗을 달고 축축 처져 있다. 그 곁을 지날 때 흙냄새와 함께 깊고 고소한 냄새가 진동한다. 뒤늦 게 핀 꽃들에게선 봄과 한여름의 꽃들과는 사뭇 다른 향기가 난다.

이곳을 거닌다. 때때로 이곳에서 관찰하는 자로, 감상하는 자로 살고 있 다는 자각이 만족과 평안함을 준다.

40대의 끄트머리에 있다. 이 책은 어쩌면 나의 40대에 대한 이야기, 그 간 에피소드의 나열, 모음집이라고 할 수 있겠다. 한 개인의 인생 어느 부 분이 뭐 그리 대단하여 책으로 묶일까도 싶다. 어린 시절 어느 때부터 지 속적으로 나, 또는 나의 주변에 대해서 쓰거나 그려왔다. 그것이 직업이 되었다. 보고 느끼고 쓰고 그랬다. 앞으로도 큰 변화가 없다면 계속 그렇게 살겠지. 거창하게 작가정신 이런 말 품고 살지 않지만 이렇게 사는 사람이 작가라고 불릴 수 있다면 나는 작가일 것이다.

뜨겁고도 나름 달콤했던 여름을 지나니 한 방향으로 부는 선선한 기분 좋은 바람이 가을을 데려왔다. 문을 열고 길을 나선다. 걷고 있는 나의 운동화, 리본 모양을 한 끈을 잠깐 내려다본다. 고개를 들어 산을 쳐다본다. 논을 쳐다본다. 벼가 익어가고 있다. 작은 개울이 소리를 낸다.

2019년 가을
노석미

차례

VERY
GREEN

1부

땅과 집

땅 구하기

경기도와 강원도의 경계 지역 한 산자락에 붙은 작은 마을에 집을 짓게 된 것은 10여 년간의 나의 소망을 이룬 것이나 다름없다. 부모님으로부터의 독립은 20대 중반경에 하였다고 스스로 추측한다. 정확히 말할 수 없는 것은 부모님 댁을 자주 왕래하며 거처를 불분명하게 지냈던 시절이 꽤 있기 때문이다. 내가 생각하는 독립이라는 것은 거주하는 곳, 그러니까 공간의 독립과 함께 경제적 독립을 의미한다. 처음 독립을 하여 친구들과 함께 작업실 생활을 전전하던 나는 특별한 돈벌이 없이 높은 기회비용을 치러야 하는 서울에서 산다는 것에 회의를 느꼈다. 게다가 작은 공간이 아닌 큰 공간이 필요한 화가라는 직업의 특수성이 서울에서 살기에 적합하지 않다고 판단하게 했다. 급기야 '탈서울'을 결심하게 되었고, 어느 날 문득 보니 시골의 한 낡은 집 마당에 홀로 서 있게 되었다. 가진 것 없었던 나의 탈서울 생활은 물론 월세부터 시작되었고, 점점 형편이 나아지면서 전세로 탈바꿈하기에 이르렀다. (이 시절의 이야기는 나의 책 『서른살의 집』에 나와 있다.) 그렇게 서너 군데의 장소를 떠돌며 10여 년이 흐른 뒤 시골의 한 귀퉁이 땅을 장만할 수 있겠다는 판단이 섬과 동시에 시간이 날 때마다 땅을 보러 다녔다.

땅을 보러 대략 1여 년을 다녔다. 처음에 땅을 구매할 생각을 하니 너무나 막연했다. 그래서 그 막연함을 하나씩 둘씩 정리해보기로 했다. 일단 내가 가진 조건을 생각했다. 그건 거의 경제적인 것을 의미했다. 내가 가진 돈에 한계가 있으므로 그 한도 내의 땅만을 보기로 했다. 그다음은 위치, 그러니까 지역인데 느슨하게 내가 지내고 싶다고 생각한 장소들을 떠올려보았고 크게 세 곳으로 압축이 되었다. 탈서울을 해서 가장 먼저 머물게 되었던 S면이 일 순위로 올랐다. 도시의 아파트 키드로 자란 내게 그곳은 제2의 고향과도 같은 곳이란 생각이 들었다. 그곳에서 지낸 것은 고작 2년도 안 되는 시간이었지만 종종 그리운 마음이 일곤 해서 그곳을 떠난 후에도 가끔 바람을 쐬러 다녀오곤 했다. 일단 S면에 적당한 땅이 있는지 알아보기로 했다.

S면에 오랫동안 거처하고 계시는 한 화가 선생님께 적당한 땅이 있으면 소개해달라고 부탁을 드렸다. 그 선생님이 수고해주신 결과 몇 군데의 땅을 보러 가긴 했지만 내겐 적당치 않았다. 그리고 S면의 한 부동산을 통

해 여러 곳의 땅을 보기도 했지만 내게 맞는 땅이 없다고 느꼈는데 무엇보다도 내가 10여 년 전에 살던 때와 달리 S면의 땅값이 치솟아 있었다. 심지어 거의 5~6배 가까이 올랐다고 느껴졌다. 왜 이것을 확신할 수 있느냐면 나의 의지가 아니었지만 S면을 떠날 때 아주 잠깐이지만 땅과 집을 알아본 적이 있었기 때문이다. 그때는 너무나 가난했기에 감히 땅을 구입하겠다는 생각조차 할 수 없던 시절이었다. 하지만 우연히 누가 당시 그 조건과 비슷한 작은 땅과 집을 소개해줬는데 5~6배에 가까운 가격의 차이가 났다. 세상에. 어떻게 이런 일이! 하고 놀라자 S면 부동산 업자가 이야기를 해준다.

"그때와는 달라졌죠. 지금은 여기로 서울에서 바로 오는 고속도로가 뚫렸잖아요. 이젠 서울에서 30분 거리예요. 지금 서울 사람들이 마구 밀려오고 있어요. 여기가 산악 지대라 예전엔 서울과 가까운 경기도임에도 사람들이 들어오기가 어려운 지역이었지만 지금은 뭐 아주 도로 사정이 좋아졌죠. 그러니 뭐 땅값이 당연히 오르죠. 아니, 왜 그때 땅을 안 샀어요? 그때 사뒀으면 좋았지요."

"아⋯⋯ 예⋯⋯ 그땐 제가 돈이 없어서⋯⋯"

"으이구⋯⋯ 안타깝네. 그때 돈을 빌려서라도 사지. 그랬으면 지금 아주 덕을 봤을 텐데요."

이제 와서 이런 얘기를 듣는 것이 하나도 즐겁지 않지만, 그렇다고 그때 땅을 못 산 것을 땅을 치며 억울해하지도 않는다. 나는 지금 돌아가도 아마 그때 형편이었다면 땅을 살 엄두를 못 냈을 것이다. 땅을 사기엔 터무니없이 가진 돈이 적었고, 땅이라는 것을 소유할 수 있다는 인식조차 없던 시절이었다.

　S면은 산악 지대이다. 산이 많아서 아마도 내가 좋아했던 거 같다. 그래서 집을 지을 터가 많지 않은 곳이기도 하다. 사람이나 집들이 빼곡히 있지 않고 성글게 놓여 있어서 숨쉬기 좋고 쾌적한 느낌을 주었던 것이다. 결과적으로 내가 볼 수 있는 땅이 매우 적었다. 땅값은 치솟아 있었다. 내가 가진 돈으로 가질 수 있는 땅은 거의 없었다. 3~4개월을 보러 다녔지만 내게 가능성이 있어 보였던 땅의 수는 겨우 다섯 손가락으로 꼽을 수 있는 정도였다. 내가 S면에서의 땅 구매를 거의 포기해야 되는 거 아닌가, 하고 생각하던 즈음 한 땅이 나왔다고 연락이 왔다. 부동산 업자와 함께 들어가서 본 땅은 면내에서 상당히 거리가 떨어진 외진 곳이었다. 진입로가 매우 좁고 불편할 것이 예상되었지만 땅 모양이 반듯하고 향도 마음에 들었다. 그리고 무엇보다 이제까지 본 땅들 중에서 가장 나아 보였다. 근데 문제가 있었다. 내가 가진 예산의 2배에 달하는 가격이었다. 상당히 고민이 되었다. 땅을 사고 작업실을 지으려고 준비하고 있는 돈을 다 털어야 겨우 구매할 수 있는 땅이었다. 만약에 이 땅을 구매하면 작업실을 지을 돈이 한푼도 남지 않을 것이었다. 땅을 산다고 해도 그곳에 비닐하우스를 치고 살아야 될 판이었다. 하지만 이곳에서 도저히 적당한 땅을 만나기 힘들었던 나는 무리하기로 결심하기에 이르렀다. 뭐…… 어떻게든 되겠

지. 일단 이것마저도 놓치게 될까 전전긍긍하는 마음이 뒷날 걱정을 미뤄놓게 만들었다.

계약을 하기로 하고 땅주인과 부동산에서 만나기로 한 날이었다. 당시 내가 살고 있던 곳에서 S면까지는 차로 2시간여 걸리는 곳이었다. 계약을 하러 가는 길 S면을 20여 분 앞둔 지방 도로에서 차가 이유도 없이 멈췄다. 어? 이런. 계약하러 가야 되는데 이놈의 차가 왜 말썽이람. 나는 부리나케 보험회사에 전화를 했고 달려온 직원이 내 차를 보더니 차를 공업소로 끌고 가야 한다고 말했다. 헉. 여기는 차가 없이는 다니기가 힘든 시골 어느 지방 도로일 뿐이었다. 하지만 방법이 없었다. 내 차는 갑자기 이유도 알 수 없는 병에 걸려 공업소로 끌려갔다. 나는 기웃거리며 버스 정류장이 있는 곳을 찾아 한참을 기다려 버스를 타고 S면에 도착했다. 약속시간에 늦을까봐 헐레벌떡 달려간 부동산에는 계약하기로 한 땅주인이 아직 도착을 하지 않았다. 휴. 나는 다행이라 생각하고 부동산 업자에게 오는 길 사고에 대해 설명하고 있는데 땅주인에게서 전화가 왔다. 마음이 바뀌어 땅을 팔지 않겠다는 것이었다. 머릿속이 하얘지는 것만 같았다.

돌아오는 길, 다시 버스를 타고 공업소가 있는 곳으로 가서 차를 찾았다. 집에 오는 길은 시간이 흘러 어느새 밤이 되어 있었다. 길고 이상하고 슬픈 하루였다. 나는 그날을 끝으로 더이상 S면에 땅을 보러 가지 않았다.

S면을 포기하고 나서 다음은 당시 살고 있던 D시의 외곽에 있는 땅을

우리 지금 만나! 당장 만나! I'll see you right now!, 2011, acrylic on paper, 25×19cm.

보기로 했다. 하지만 땅 몇 곳을 보자마자 곧 이 지역도 포기하기로 했다. 이 지역 역시 전철이 새로 들어왔다는 이유로 시내에서 꽤 멀리 떨어져 산과 들과 논만 보이는 외진 지역까지도 땅값이 올라 있었다. 나는 뭐에 덴 마음처럼 이 지역을 보는 수고로움을 겪지 않기로 했다.

마지막 순위에 있던 곳이 바로 지금 내가 살고 있는 양평이었다. 사실 양평에는 많은 지인, 특히 예술가들이 거처하고 있어 자주 방문하던 곳 중의 하나였다. 하지만 이곳이 왜 마지막 순위가 되었는가 하면 나는 이곳을 방문할 때마다 살고 싶을 만큼 그다지 좋은 기분이 들었던 건 아니었기 때문이다. 나 역시도 서울 사람이 막연하게 떠올리는 양평의 이미지를 갖고 있었다. 낮은 산과 들, 남한강이 흐르는 여유롭고 따스한 느낌 말이다. 그때까지만 해도 나는 따스하고 나른한 것보다는 산이 높고 귀가 뻥 뚫리고 뒤통수가 시릴 만큼 쾌청한 지역에서 살고 싶었다.

생각보다 양평은 넓었고 양평에서도 강원도와 가까운 동쪽 지역은 산악 지대라는 것을 알게 되었다. 그곳의 땅을 집중적으로 보기로 했다. 그리고 무엇보다 그곳은 아마도 서울과 더 멀다는 이유로 서울과 더 가까운 양평보다 땅값의 시세가 더 저렴했다.

인터넷을 통해 양평의 한 부동산과 접촉을 했다. 결국 그 부동산 업자를 통해서 지금 살고 있는 땅을 구매하게 되었다. 10여 년이 지난 지금도 그 부동산 업자와 몇 개월간을 함께 다니며 땅을 보던 때가 기억이 난다.

당시의 나로선 신선한 경험이었다.

부동산 업자

양평의 그 부동산에 처음 찾아간 날, 문을 열고 부동산에 들어섰을 때 그 부동산 업자는 내가 여태 봐왔던 부동산 업자들의 이미지와는 상당히 달랐다. 내가 부동산 업자들을 많이 만나 그들의 이미지를 꿰고 있는 것은 아니지만 그때까지의 경험만으로도, 그리고 글을 쓰는 지금 생각해봐도 그랬다. 뭐라 말할까. 덩치가 상당히 큰 편이었지만 마치 산속에서 소설을 쓰다가 나온 사람처럼 헝클어진 머리에 얼굴이 허옇게 뜨고 초췌한 행색의 남자였다. 나름 사람을 만나는 직업일 텐데 이 사람은 좀 이상하군, 하고 생각했다.

나는 그 부동산 업자가 내어준 자리에 앉자마자 내가 온 목적을 설명했다. 내가 가진 돈의 액수를 먼저 말했고 원하는 지리적 조건을 말했다. 그리고 땅의 크기도 대략적으로 지정했다. 그러자 부동산 업자는 대뜸 이렇게 물었다.

"실구매자인가요?"

"네? 그게 무슨 뜻인지요?"

"땅 사서 거기서 집 지어 살려고 하시는 거냐고요?"

"네. 그럼요. 작업실을 지으려고요."

"작업실? 오? 예술가시로구먼."

"네. 화가예요."

"흠. 이런 말 하면 웃긴데 실구매자가 이렇게 땅 보러 다니시는 거 오랜만이네요."

"네? 그게 무슨……"

"그러니까…… 양평은 투기꾼들이 많아서요. 실지로 그 땅에서 직접 집을 짓고 살 사람이 땅 보러 다니는 경우가 별로 없어요."

"아…… 네……"

부동산 업자는 또 이렇게 말했다.

"아가씨? 아가씨는 참 양심이 있네."

"네? 그건 또…… 무슨……"

"대부분 땅 보러 다니는 사람들은 다 똑같이 말해요. 배산임수에, 도로가 가까워야 하고, 버스가 다녀야 하고, 학교 등 편의 시설이 멀지 않아야한다, 근처에 혐오 시설이 없어야 한다, 등등. 원하는 게 많죠. 뭐, 당연히모두가 원하는 조건의 땅은 비싸지 않겠어요? 그런데 죄다 그런 조건들을 나열하는데 아가씨는 안 그러잖아요."

"아…… 네. 전 제가 가진 돈이 적어서……"

"아유…… 다른 사람들도 다 적은 돈에 좋은 땅 사려고 난리들이에요. 참으로 비현실적인 거지. 쳇."

"네……"

"그래도 아가씨는 양심이 있어. 다른 조건이 다 안 좋아도 된다 이거죠? 산 근처면 되고 남향 땅이면 되는 거죠? 도로 사정이 안 좋아도 되고? 음."

나는 앞선 경험을 통해 내가 경기도에서 땅을 구매하기에 매우 적은 돈을 가지고 있다는 사실을 잘 알고 있었다. 그리고 가진 돈에서 넘치는 땅을 구매해서 빚을 지고 싶은 마음은 없었다. 내가 가진 돈의 절반은 땅을 사고 나머지 절반은 작업실 짓는 비용으로 쓰리라 생각하고 있었다. (여러 명의 집을 지은 경험자들이 그렇게 하라고 조언해주었다.)

"오케이. 알았어요. 아가씨처럼 원하는 조건이 명확하면 나도 좋죠. 편하고. 그런 조건에 맞는 땅이 나오면 연락드릴게요."

내게 맞는 조건의 땅은 당연히 아주 가끔 나왔다. 부동산 업자에게서 전화가 오면 하던 일을 팽개치고 당시 살던 D시에서 차로 2시간이나 걸리는 양평으로 출동했다.

시골 지역의 땅은 제각기 멀리 떨어져 있기 때문에 부동산 업자는 내게 보여줄 수 있는 땅을 몇 곳 정도 준비해놓고 나를 기다렸다. 자신의 지프

차를 이용해서 몇 군데를 소개시켜주며 같이 둘러봐주는 수고를 당연하다는 듯 해주었다. 생각해보면 고객으로부터 땅이나 집 구매가 일어나지 않고 허사가 되면 들인 시간과 노동력이 아까워 속이 상할 것 같았다. 나로서도 땅을 보러 출동한 그날은 하루를 완전히 보내야 했고 그 부동산 업자와 꽤 여러 시간을 같이 있어야 했다. 해서 식사도 여러 번 같이 하기도 했다. (그때 그 부동산 업자로부터 알게 된 소위 맛집 정보를 이곳에 살게 된 이후 잘 이용하고 있다.)

양평은 생각보다 넓고 팔겠다고 나온 매물은 많았다. 하지만 다 볼 수는 없는 일이었다. 가진 돈이 적었고, 정해져 있었기 때문에 수많은 땅을 다 봐야 하는 수고로움에서 벗어날 수 있었음이 어쩌면 더 다행일지도 몰랐다. 그렇지만 가진 돈의 액수가 적다보니 내가 볼 수 있는 땅들은 주로 외진 곳에 위치해 있곤 했다. 물론 내가 외져도 괜찮고, 진입하는 길이 편리하지 않아도 괜찮다고, 그리고 되도록 산과 가까이 있는 곳이었으면 한다고 말하기는 했지만 어떤 때는 황당한 장소에 가서 땅을 봐야만 하기도 했다.

한번은 부동산 업자와 함께 이건 좀 너무한 거 아닐까 하는 생각이 들 만큼 인적이 드문 길로 한참을 갔다. 잘 닦인 도로가 끝나고 울퉁불퉁 돌이 널브러진 흙길로 한참을 고불고불 어떤 산의 중턱쯤 가서야 차는 멈춰섰다. 주변을 돌아봐도 집이나 건물은커녕 인적조차 느껴지지 않았고, 심지어 내 눈에는 집을 지을 만한 터조차 보이지 않았다. 이건 뭐 내가 등산

가르쳐주실래요?Will you teach me?, 2011, acrylic on paper, 25×19cm.

을 온 것도 아닌데 주변에 보이는 것이라곤 나무와 바위, 돌뿐이었다. 아니, 커다란 바위 뒤에 호랑이 같은 동물이 숨어서 지켜볼 것만 같아 오싹하기까지 했다. 내가 황당해하며 어디 땅이 나와 있는 거냐고 물으니까 부동산 업자는 손가락을 들어 가리켰다.

"저 나무 보이시죠? 저 나무에서부터 여기, 이 나무까지 정도라고 보시면 됩니다."

"네?"(식은땀)

아무리 인적이 드문 곳이어도 괜찮다고는 말했지만, 이곳은 어딘지 도무지 알 수 없을 만큼 나무숲에 가려 시야가 나오지 않았다. 그냥 깜깜한 숲속 산비탈 어딘가였다. 내가 흑염소를 기르며 다람쥐를 이웃하고 산속에 살아야만 하는 형편이 아닌 이상 이곳은 좀 심하다는 생각이 들었다.

그 땅을 보고 난 뒤 다시 그 고불고불 길을 흙먼지 날리며 내려오는 차 안에서 부동산 업자에게 말했다.

"아…… 여긴 좀 너무 그러네요."

그러자 부동산 업자는 시큰둥하게 말했다.

"그 돈에 나온 땅은 다 이래요. 뭐 어쩔 수 없어요."

그렇게 여러 날을 땅을 보러 다녔지만 휴…… 한숨을 쉬며 내 처지를 탓하며 실망을 안고 돌아올 수밖에 없던 날들이 많았다.

집을 지을 수 있게 토목이 되어 있지 않은 땅들만이 저렴한 가격에 나와 있었다. 나 같은 초짜 문외한은 대체 땅을 어떻게 어디를 봐야 하는지 당최 알 수가 없었다. 하지만 서당 개 3년이라고 이 부동산 업자와 함께 다니면서 나름대로 땅을 보는 방법 같은 것이 생기기 시작했다. 그의 지프차를 타고 같이 이동해야 하는 시간들이 많았기 때문에 차 안에서 여러 가지 대화를 나누곤 했는데 그때마다 나는 궁금한 것들을 그에게 물어봤다.

"근데요, 대체 땅은 뭘 보는 건가요?"

"글쎄요. 사람마다 원하는 게 다 다르더라고요. 이 땅은 이래서 별로인데 또 그런 땅이 좋다는 인간들도 있어요. 그러니 뭐 자기가 뭘 좋아하는지, 원하는지를 알아야겠죠."

"그래도 전문가시잖아요. 전문가적 입장에서 좋은 땅은 어떤 땅인가요?"

"하하. 내가 경험으로 알게 된 것은 특별히 나쁜 땅은 없다는 거예요. 이렇게 말하면 식상할 테지만 사람이 가장 중요해요. 거기 들어가서 누가 사느냐. 이게 가장 중요한 거 같아요. 낙원은 사람이 만드는 거니까요."

무슨 도사님 말씀도 아니고 역시 이 사람은 좀 이상한 구석이 있어, 하고 생각하기도 했지만 또 그런 어법으로 말하는 것이 싫지는 않았다.

"그래도 전 아직 잘 모르겠어요. 어떤 땅을 좋다고 느껴야 할지. 어려워요."

"음. 일단 땅을 사려면요. 거기서 사실 거잖아요? 그럼 그 땅에 가서 땅을 디뎌보세요. 그리고 느껴보세요. 뭔가 느낌이 올 거예요. 그럼 돼요. 그때 그 느낌이 바로 그 땅의 느낌이에요. 전 땅을 직접 보지 않고 땅을 구매하는 사람들은 바보라고 생각해요. 그래서 사기도 당하는 거예요."

그 부동산 업자는 나와 여러 번 만나게 되면서부터는 되레 내게 대답하기 어려운 질문을 혼잣말처럼 하곤 했다.

"근데 예술가들은 항상 감정 상태가 평화로운가요?"
또는,
"예술을 하면 아무래도 삶의 만족도가 높겠죠?"
또는,
"뭔가 자신만의 것을 만드는 일은 행복할 거 같아요. 물론 힘들겠지만."

그 부동산 업자와 함께 다니는 동안 그가 내게 상당히 호의적이었다고 느꼈는데 아무래도 예술, 혹은 예술가에 대해 깊은 관심을 가지고 있어서였지 싶다. 땅을 계약하고 부동산 매매 수수료를 드리던 날, 나는 법이 정한 수수료를 담은 봉투를 그에게 건넸다. 그는 봉투를 열어보더니 아니, 왜 이리 많이 줘요? 했다. 사실 이런 시골에서는 부동산 업자들이 도시의 부동산 업자들보다 고생을 더 하기 때문인지 법률이 정한 수수료보다 웃돈을 얹어주는 게 관행이었다. 그런데 오히려 그는 내게 웃돈을 요구하는 게 아니라 이 수수료가 많다는 게 아닌가.

"아니, 제가 더 드려야 되는데……"

나는 이 사람이 반어적으로 이야기를 하는 거 아닐까? 하며 머리를 긁적였다.

"아유. 가난한 예술가 양반한테 제가 더 받긴요. 왠지 제가 조금 덜 받아야 할 것 같은데요. 이렇게 제 돈 다 받으니 제가 마음이 편치가 않네요. 제가 밥이라도 살게요."

나중에 땅을 구매하고 집을 짓고 시간이 조금 흐른 뒤 이 부동산 업자의 소식을 듣게 되었다. 한 친구가 땅을 보고 싶다고 해서 그 부동산 업자의 전화번호를 넘겨주었다. 근데 이미 그 부동산 업자가 일을 그만두었다는 것이다. 그는 어디로 갔냐고 물으니 부동산업을 아예 그만두었다고 한다. 나는 어쩐지 그가 책방 같은 것을 하고 있지 않을까…… 생각해보곤 한다. 아니면 첫인상처럼 헝클어진 머리를 한 채 소설을 쓰고 있거나.

땅을 사다

이제 드디어 내가 지금 살고 있는 땅을 보러 갔을 때의 이야기를 하겠다.

처음 부동산 업자와 함께 이 땅을 보러 갔을 때는 추운 겨울이었고 눈이 엄청 내리고 난 직후였다. 땅은 멀리서 보면 산의 중턱쯤 약간은 비탈길에 위치했기 때문에 그날은 눈이 많이 쌓여 차가 올라가지 못했다. 차를 아래에 세워두고 부동산 업자와 함께 걸어서 올라갔다. 쌓인 눈으로 인해 땅의 모양이 정확하게 보이지 않았다. 부동산 업자는 대강 위치를 보라고 했다. 하필 그날따라 눈이 쌓여 진입하기 힘든 위치에 있는 땅이었기에 부동산 업자는 내가 이 땅에 관심을 보이자 의외라는 표정을 지었다.

나는 땅에 내려선 순간 기분이 몹시 좋아졌다. 사방이 적당히 낮은 산으로 둘러싸여 있었고, 남향으로 난 땅은 멀리 몇 개의 중첩된 산을 지닌

모모Momo, 2014, acrylic on canvas, 31.8×40.9cm.

풍경을 가지고 있었다. 그리고 그날은 세상이 온통 새하얀 날, 날씨 때문인지 상쾌한 향기가 공기 중에서 느껴졌다.

나는 아마도 '눈' 때문일 거야, 라고 생각하면서도 이 땅을 구입해야겠다고 마음을 먹었다.

"근데 이 땅이 얼마라고요?"

부동산 업자가 가격을 말했다. 이럴 수가. 내가 준비하고 있던 딱 그 금액이었다. 더 이상 고민할 필요가 없어졌다.

내가 땅 구매를 결정하자 갑자기 부동산 업자는 고민에 싸인 얼굴로 바뀌더니 흠…… 잠깐만요. 일단은 사무실에 가죠, 하는 것이었다. 내가 무슨 문제가 있느냐고 물었더니 그는 대답을 회피하고 차가 있는 곳으로 걸음을 재촉하며 어딘가로 급히 전화를 했다. 통화를 끝낸 그는 여전히 일단 사무실로 가시죠, 했다.

사무실에 가서도 그는 누군가와 통화를 끝낸 후에야 내게 그 땅에 관한 좀더 자세한 서류를 보여주었다. 계약을 하기로 결정이 되었다. 땅주인이 서울에 있으므로 며칠 후 서울에서 만나서 계약을 하자고 했다.

한남동의 한 다방(서울에도 다방이 있었다. 역시 부동산 계약 같은 것은 다방이 제격인 모양이다)에서 땅주인과 부동산 업자와 만났다. 그날 나는 야구 모자를 쓰고 헐렁한 청바지에, 운동화를 신고 있었다. 땅주인은 50대 후반 정도 되어 보이는 중년 부인이었다. 다방 문을 열고 내가 등장하자 땅주인은 부동산 업자에게, 그렇지만 내게도 다 들리게 말했다.

"학생 아닌가? 너무 어린데 땅을 다 사네."

하필 그날의 나의 차림으로 인해 어리게 보는 것 같아 부동산 업자 대신 직접 대답했다. (당시 나는 38살이었다.)

"생각보다 그다지 어리지 않습니다."

부인은 여전히 부동산 업자를 향해 이어서 말했다.

"이 사람이 그 사람이에요?"

부동산 업자는 손을 설레설레 흔들며 작은 목소리로 아니에요, 한다. 그러고 두 사람은 귓속말을 나누는 것이었다. 순간 계약 당사자인 나를 빼고 나눌 이야기가 뭐가 있을까, 하며 그 두 사람의 행동이 수상하게 여겨졌다. 혹시 나 사기당하는 거 아니겠지? 이런 마음도 순간이지만 일었다. 어디 이런 땅 구매를 언제 해봤어야지.

부동산 업자가 얘기 끝에 그 부인에게

"이 아가씨 땅이 되려고 그랬나봐요."

라고 말하자 그 부인은 흘긋 나를 쳐다보며 고개를 끄덕였다. 아? 뭐지? 이 상황은? 그래서 나는 참지 못하고 두 사람을 향해 물었다.

"아…… 무슨 문제가 있나요?"

부동산 업자는 다시 손을 살짝 흔들며 아니에요, 한다. 나는 더이상 뭔가를 물어보지 못했고 나의 의심 어린 시선을 두고 삼자 간의 계약이 완료가 되었다.

계약을 끝내고 나오는 길에 나는 부동산 업자와 단둘이 남게 되었을 때 다시 물어봤다.

"저기요. 아까 두 분이 무슨 대화를 하신 거예요? 뭐 무슨 문제 있는 건 아닌 거죠?"

"하하. 아. 아까요. 흠…… 아니 사실 이 땅을 아가씨보다 먼저 보고 간 사람이 있었어요. 그 사람이 계약하고 싶어했는데 계약하러 오는 날 사고가 있었다지 뭐예요. 계약을 미뤄달라고 했었어요. 그런 상태에서 아가씨가 그 땅을 보게 된 건데…… 아가씨가 선뜻 그 땅을 사겠다고 해서 잠깐 어쩌해야 되나 했었어요. 그래서 아까 땅주인 아주머니가 이 사람이 그 사람이냐고 물은 건 그 사고 났던 사람이냐고 물은 거고, 저는 그 사고 난 사람이 오지 못하는 타이밍에 아가씨가 이 땅을 보게 됐고 계약하게 된 거라고 그렇게 말씀드린 거예요. 예전에도 제가 한번 얘기하지 않았나요? 땅주인은 따로 있다고. 왜 아가씨도 그런 비슷한 일 겪었다면서요? 계약하려고 가는 중에 차가 멈췄다면서요? 이런 이야기 이 바닥에선 비일비재해요. 훗. 땅이 사람을 선택한다는. 다른 사람들은 말도 안 된다고 얘기해도 우린 이런 거 믿습니다."

내가 구매한 땅은 양평의 동쪽 끝부분 강원도와 거의 가까운 곳에 위치해 있다. 그래도 행정구역상 경기도이다. 큰 도로인 국도에서 작은 길로 진입하여 200미터쯤 가면 길이 나뉘는데 오른쪽으로 가면 이른바 원주민들이 사는 마을이 있고 반대로 왼쪽 길로 들어가면 산의 일부분을 정리해서 만들어놓은 터가 여러 개가 있다. 그곳의 중턱쯤에 위치한 작은 땅이 바로 내가 구매한 땅이다. 산의 높은 쪽에 집 한 채만이 있었다. (10여 년이 지난, 글을 쓰는 지금은 어느새 10여 채가 넘는 집이 들어섰다.) 내가 집을 짓게 되면 그 산자락에서 두번째 집이 되는 거였다. 나의 땅에서 동쪽 아래로 원주민이 사는 마을의 집들이 대여섯 채 정도 작게 내려다보이고 남쪽 방향으로 먼산이 서너 개 중첩되어 보이는 풍경을 가졌다. 집을 짓기 전 나는 그 땅을 여러 번 혼자 방문해 디뎌보곤 했다. 아. 드디어 땅을 산 것이다.

집짓기

집을 짓는 일이 지나고 보니 무척 힘들었던 것은 분명하다. 일단 자신의 집을 짓는 경우, 건축업자가 아니고서는 대개가 처음일 가능성이 높다. 그러니 집을 짓는 과정에서 대처해야 하는 여러 상황들에는 새롭게 겪는 일이 많다. 나대로 인터넷을 뒤져 정보랍시고 찾아보긴 하였지만 막상 실전에 부딪치면서 몰랐던 일들과 마주쳐 곤혹스러운 때가 한두 번이 아니었다.

구입한 땅에서 그리 멀지 않은 곳에 살고 계시는 한 화가 선생님으로부터 건축하는 사람을 소개받았다. 당시 나의 사정상 얼른 집을 짓고 이주를 해야 했기에 많은 시간을 고민하고 신중하게 생각할 겨를이 없었다. 건축업자를 여럿 소개받고 비교 검토 후에 집을 지으라는 조언들이 있었지만 나는 급히 결정을 내려야 했다. 소개받은 사람에게 내가 살고자, 짓고

자 하는 집의 모양을 그려서 보여주었다.

"집이라기보다는 작업실이에요. 그러니까 복잡할 거 하나도 없고요, 음…… 개집 있잖아요. 그걸 빵 튀기면 된다고 생각하시면 될 거예요."

"아…… 네……"

건축하는 사람은 내 얘기에 가벼운 코웃음을 쳤다. 뭐 그다지 어렵지 않겠다고, 까다로운 건축주는 아니겠구먼 하며 안도하는 모습이었다.

내가 그렸던 집의 구조는 내부가 매우 단순한 작업실이었기에 집은 한 달 만에 거의 다 지어졌다. 하지만 당시 살고 있던 집과 건축 현장이 멀어서 자주 들여다보지 못했다. 가끔 현장에 오면 생각했던 것과 일치되지 않게 일이 진행되었던 것들이 무수히 많았지만 감수해야 했다.

"어? 이건 왜 이렇게 하셨어요? 저렇게 하시기로 했잖아요?"

라고 문제를 얘기하면 건축하는 사람은 아주 쉽게 대답했다.

"이건요, 어쩔 수 없어요. 이렇게 안 하면 여기에 문제가 생겨요. 그러니 이렇게 할 수밖에 없었어요."

라고 말하면 나로선 더이상 할말이 없었고, 게다가 이미 해놓은 일을 다시 되돌리라고 과감하게 말할 수도 없었다. 이런 일들의 반복이 여럿 있었지만 매번 제재를 가하면 공사 속도에 문제가 생기고, 그에 따른 추가 경비가 발생하기 때문에 참아야만 했다.

건축 현장을 찾아간 어느 날, 그날은 벽체가 올라가고 있었다. 창을 낼

구멍을 제외하고 벽체가 만들어졌다. 아직은 지붕이 없는 집 내부로 들어 섰다. (이제 내부라는 게 생긴 것이다.) 남향으로 커다란 창을 내기로 했고, 아직 창호를 달지 않았지만 그 창 자리로 켜켜이 놓인 앞산이 보였다. (이 제 앞산이 생긴 것이다.) 그때 나는 아, 드디어 집이로구나, 하며 스스로 감 동에 젖었다. 집이 없을 때 보았던 풍경과 네모난 프레임을 통해서 보는 풍경의 느낌은 달랐다. 이제 내가 실내에서 소유하게 될 풍경이었다. 그 때 느꼈던 만족감은 잊을 수가 없다. 땅을 소유하고 집을 소유한다는 것 이 이런 것일까. 감동이 밀려왔다.

한번은 집을 짓고 있는 현장에 있는데 어떤 할아버지 한 분이 어슬렁거 리시는 게 보였다. 마을 사람들이 종종 새로 짓는 집이 궁금해서 와서 들 여다보곤 하기 때문에 그런가보다 했다. 나는 곧 이곳의 주민이 될 예정 이므로 최대한 상냥한 표정으로 인사를 건넸다.

"안녕하세요."

"……"

할아버지는 나의 인사에 대꾸도 하지 않으셨고 경직된 표정으로 나와 마주치는 눈을 피하셨다.

"이 마을에 사세요?"

라고 재차 인사를 건네자 할아버지는 들릴 듯 말 듯 작은 목소리로 혼잣 말처럼 말했다.

"여기 내 땅이었는데."

"예?"

할아버지는 여전히 나의 눈을 외면하고 주춤하시다가 뒷짐을 진 채 가버리셨다. 뭐야? 순간 나는 이들의 경계심 어린 태도가 역시 또 새로 온 이주민에 대한 텃세로구먼, 하는 생각이 들기도 하여 기분이 상했다. 게다가 자기 땅이라니. 어이없어. 나도 힘들게 모은 돈으로 산 거라고요! 쳇.

나중에 알고 보니 내가 구입한 땅이 속해 있는 산이 아마도 예전에 그 양반의 소유였던 모양이다. 사연이야 뻔할 것이다. 그가 그랬든 그의 후손이 그랬든 이러저러한 사연으로 조금씩 다 팔게 되었겠지. 하지만 당시에 기분 나빠했던 나는 시간이 좀 지난 후에 그분을 이해하게 되었고 괜히 미안한 마음까지 들게 되었다.

이곳에 살게 된 지 1년 정도가 지나갈 무렵이었다. 아래쪽 원주민들이 살고 있는 마을의 오래된 집 중 주황색 테두리를 가진 하늘색 지붕의 작은 집이 있었다. 집은 작지만 그 집은 꽤 넓은 밭과 논을 소유하고 있고 벼농사를 짓는 노부부가 살고 계셨다. 이미 나도 마을에서 공동으로 주문한 퇴비를 나눠 쓰는 시스템에 동참할 때였다. 그날, 퇴비가 그 집 마당에 내려져 있으니 각자 알아서 실어가라는 마을 방송이 있었다. 내가 퇴비를 실으러 갔을 때 그 집엔 평소에 못 보던 젊은 남자가 있었다. 도시에 살던 아들이 잠깐 집에 와 있던 것이다. 나의 작은 차에 냄새가 펄펄 나는 한 봉지당 20킬로나 하는 퇴비를 싣고 있으니 그가 나와서 도와주겠다고 했다.

내가 괜찮다고 했지만 그는 재차 그렇게 작은 차로 언제 다 옮기냐며 자신의 집에 있는 트럭으로 한 번에 옮겨주겠다고 했다. 나는 고맙다고 하고 그의 도움을 받게 되었다. 나의 집에 퇴비를 내려놓고선 그는 새로 지어진 집과 새로 꾸려진 잔디밭이 깔린 나의 정원에 서서 이렇게 말했다.

"그거 아세요? 여기가 산이었던 거."

"아…… 네…… 뭐…… 그랬겠죠. 지금도 여기 옆은 산이잖아요."

뭐야. 또. 텃세가 시작된 건가, 라고 나의 마음이 뽀족해지고 있을 때 그는 이어서 말했다.

"제게는 유년 시절 추억이 깃든 곳이에요."

"네……"

"이 자리에 진달래가 엄청 많았어요."

나는 그가 감상에 젖어 먼 산을 바라보는 뒷모습을 지켜보았다.

겪지 않은 일

겪지 않은 일 Untasted affair, 2010, acrylic on paper, 25×19cm.

큰 개집

집은 겉모습(개집을 뻥튀기한 모양)뿐 아니라 내부 구조 역시 단순하다. 집이라기보다는 거의 창고에 가깝다. 그림을 그리는 작업실 용도에 더 치중을 했기 때문이다. 집을 짓자고 마음을 먹었을 때 어딘가에서 봤던 멋진 집들이 머릿속에 떠오르기도 했지만 마음을 비우기로 했다. 경제적 여건도 안 되었지만 내가 살 집이니 나 혼자 살기에 적합하면 그만이다, 라고 생각했다. 누군가에게 들은 말대로 집의 규모가 커지면 부담스러운 집의 시녀로 살게 된다고, 집을 능동적으로 활용하며 살려면 자신, 혹은 집에 함께 살게 될 구성원에 맞춰 집의 규모를 설정해야 한다는 말을 곱씹었다. 어떤 이는 집의 구석 어딘가에도 항상 집주인의 손이 갈 수 있는 정도의 규모가 적당한 것이라고도 조언했다. 나는 지나다니면서 마주치는 집들을 보면서 그 집을 둘러싸고 있는 환경들에 비해 집, 혹은 건물이 튀는 경우는 항상 별로라고 생각해왔다. 대체적으로 우리나라의 자연환경은 소박하고 귀여운, 아기자기한 데 그 특징이 있다고 생각해온 나로서는 갑자기 생뚱맞은 정체불명의 양식을 가진 커다란 캐슬 같은 것이 눈에 들어오면 오 저건 너무 심한데, 라며 안 본 눈을 사고 싶어진다. 집이라는 것은 거기에 놓이는 것이기에 거기, 즉 환경을 훼손하지 않는 범위 내가 적당한 크기고 모양새라고, 내가 집을 짓게 되면 그리하리라 하고 그 요상하게 튀는 집들을 보며 다짐하곤 했다.

내가 터를 잡게 된 이곳 역시 화려한 풍경이 있는 곳이 아니다. 소박한 산 몇 개, 작은 길, 규모가 크지 않은 논과 밭 등이 있다. 드문드문 놓인 집들도 다 하나같이 작고 소박하다못해 심지어 곤궁해 보이는 집들뿐이다. 좋게 생각하자면 아직까지는 이 소박한 풍경에 이질적인 건축물들이 거의 없는 곳이다. 이곳에 지어질 나의 집, 또는 작업실이라 불릴 나의 공간은 지나다가 힐끗 보았을 때도 크게 눈에 띄지 않았으면 했다. 그래서 지어진 나의 매우 단순한 창고 같은 집은 어떠한 치장도 지니지 않은 집이 되었다. 내부 역시 복층을 가졌기는 했으나 문이 달린 방은 고작 1개, 화장실 1개, 작은 부엌, 그리고 나머지 공간은 뻥 뚫린 원룸의 작업실 공간이 전부다. 건물의 크기는 작업실로는 그다지 크지 않게 지었다(글을 쓰는 지금은 조금 후회하고 있는 부분이기도 하지만). 이곳 양평은 겨울이 길고 추운 곳이라서 건물의 크기에 욕심을 내었다가는 추운 겨울 감당 못할 난방비가 지레 걱정이 되었기 때문이다. 하지만 건물의 높이는 포기할 수

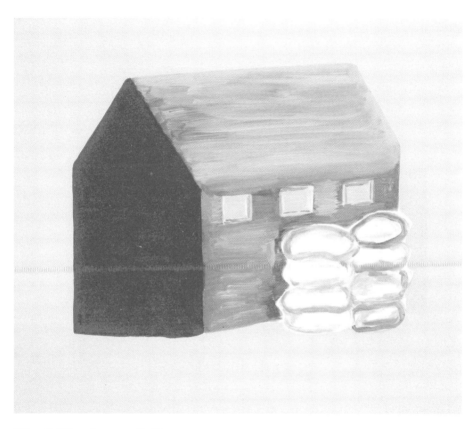

집A house 02, 2010, acrylic on paper, 25×19cm.

집A house 03, 2013, acrylic on canvas, 37.9×45.5cm.

가 없었다. 언제나 높은 천장을 가진 스튜디오에 대한 로망이 있어왔다. 그림을 그리거나 작업을 할 때 공간의 크기가 상당히 영향을 미친다. 작품을 제작하는 과정에서 끊임없이 작품을 돌아봐야 하는데 그때 진행하는 작품이 놓인 공간이 가진 역할이 꽤 크다. 매우 작은 집과 천장이 5~6미터가 넘는 넓은 미술관 같은 공간에서는 같은 그림이라고 하더라도 크기가 달라 보인다. 넓고 높은 공간에서 그림을 그리게 되면 쓱쓱 그림이 쉽게 더 잘 그려질 것만 같다. 드디어 나도 그다지 넓지는 않지만 천장은 높은 작업실을 갖게 된 것이다.

한 가지 더 내가 포기하지 않은 것이 있는데 그것은 욕조의 위치이다. 2층 동쪽으로 난 창가에 나는 처음부터 욕조를 놓을 생각이었다. 욕실은 따로 1층에 화장실과 함께 만들어졌다. 2층에는 따로 욕실을 꾸리지는 않고 창가에 덩그마니 욕조만을 놓을 생각이었다. 그래서 2층 공사를 할 때 창가에 상하수도를 설치해달라고 했다. 공사하는 사람은 여기에다요? 왜요? 하며 여러 차례 내게 확인을 했다. 그래서 여기에 욕조를 놓을 거라고 했더니 나를 의아하게 쳐다봤다. 욕실도 아니고 벽으로 둘러쳐져 가려진 곳도 아니고 그냥 뻥 뚫려 있는 공간에 웬 욕조를 덜렁 놓겠단 말인가, 하는 눈빛이었다. 나는 여전히 혼자 사는 사람으로서 누릴 수 있는 것들에 대해 설명하기가 어려움을 느꼈다. 그전에 살던 아파트에서도 나는 이동식 욕조를 거실에 꺼내 설치했었다. (당시 운좋게도 내가 살던 11층의 창문으로는 다른 집들이 들여다볼 수 있는 구조가 아니었다.) 입욕을 좋아하지만 대개의 욕실은 크기가 작고 폐쇄적인 특징이 있기 때문에 나는 약간의 폐소공포를 느낀다. 내가 짓고 있는 이 집의 동쪽으로 난 창으로 보이는 풍경이 좋다. 나의 작은 밭과 정원(이때는 아직 안 만들어졌지만)이 한눈에 들어오고 커다란 논과 밭을 따라 낮은 산으로 이어지는 풍경이 보인다. 마을의 집들은 저 멀리에 손톱만큼 매우 작게 몇 채가 보일 뿐이다. 창을 내다보며 입욕을 하는 것은 내가 누릴 수 있는 행복한 일 중 높은 순위에 있다. 이전 아파트에 살던 시절부터 소유하고 있던 작은 이동식 욕조를 이곳에 설치했다. 가끔 친구들이 놀러와서는 이 욕조의 위치와 크기 때문에 혹시 고양이 전용이 아니냐는 질문을 할 때가 있어 실소를 머금어야 하는 날들이 적지 않지만 나름대로 일일이 설명을 해주는 일이 지치지 않는다. 이 욕조는 여전히 유용하게 잘 쓰고 있다. 비가 오거나, 눈이 오는 날도 창밖을 보며 목욕을 한다. 창밖으로 여름이면 개구리 소리가 들리고 논으로 백로가 내려앉아 있는 모습이 보이기도 한다.

서쪽과 북쪽으로는 아주 작은 창 1개씩만 내었다. 건물의 서쪽에 울타리와 대문이 있기 때문에 서향 쪽으로 난 작은 창은 방문객을 확인하는 용도이다. 어떤 이는 서향으로 들어오는 석양을 보며 행복감을 느낀다고도 하지만 나는 그렇지는 않은 편이다. 서향의 일몰보다는 동향의 일출을 고르겠다. 석양은 오래도록 실내를 따스하게 해주는 장점이 있기도

하지만 그래도 나는 개와 늑대 사이의 시간의 쓸쓸함을 즐기지 못하는
편이다.

멀리 있는 산 Mountains in the distance, 2010, acrylic on paper, 25×19cm.

멀리 있는 산

집은 남쪽을 바라보게 지었고 남향으로 창을 크게 내었다. 땅을 구하려고 돌아다니던 오래전부터 여러 사람에게서 남향집에 사는 것은 축복이라는 얘기를 들어왔다. 남향집은 난방비도 많이 들지 않는다. 추운 겨울날이더라도 햇살이 좋은 날에 실내의 온도는 그다지 떨어지지 않는다. 또 건축할 때 다른 비용은 다 아껴도 창호에 드는 비용은 아끼지 말라는 충고도 잘 새겨들었다. 남향의 커다랗고 견고한 유리창으로 차가운 바람은 빼고 따스한 햇살만 들어온다. 부슬부슬 비가 내리거나 음울하게 어두운 날이 아니고는 남향집은 톡톡히 제 역할을 한다. 추운 날들엔 햇살이 얼마나 고마운 존재인지를 알게 해준다.

남향으로 난 커다란 창으로 밭, 논, 집 등을 지나 멀리 있는 산이 보인다. 내가 사는 곳을 기준으로(우주는 나를 중심으로 돌기도 하므로) 사방이 산이지만 남쪽 방향으로는 산이 멀리 보인다. 강원도의 설악산처럼 수려하지 않은 산, 크지 않고 둥글둥글 소박한 산이다. 가끔 그 소박한 산이 내겐 갓 구운 빵처럼 보인다. 나는 이곳에 와서 '멀리 있는 산'이라는 제목의 그림을 꽤 그렸다.

　'멀리 있는 산, 빛나는 얼굴'

이라는 명제를 한동안 품고 지냈다.

장작난로

　장작난로를 놓기로 했다. 천장 높은 집 로망을 이루려다가 결국은 난방 장치가 더 필요하다는 결론에 이르렀다. 추운 겨울날엔 바닥에 깐 보일러만으로는 높은 공간의 공기를 다 덥히기에 무리가 있었다. 어떤 이는 연탄난로를 놓으라고 하기도 했는데 나는 연탄을 갈 때 나는 가스 냄새를 맡는 게 너무 힘이 들어 가격 면에서 가장 만족도가 높다는 연탄난로는 포기했다. 선택은 장작난로였다. 난로를 놓기로 결정하고 양평의 국도변에 봐두었던 난로를 파는 가게 여럿 중에 하나를 골라 들어갔다. 양평은 전원주택이 많은 것으로 유명하고 전원주택의 한 이미지를 담당하는 장작난로를 파는 상점이 꽤나 많다. 일명 페치카의 세계가 펼쳐졌다. 그런데 이 세계는 알고 보니 사치품의 세계였다. 가격이 조금 저렴한 제품들은 생김새가 너무 조악했다. 난로를 통해 아름다운 인테리어를 꿈꾸지는

산과 빵 The mountain and the bread, 2012, acrylic on canvas, 27.3×41cm.

않았지만 장미 무늬나 뚤뚤이라는 글씨가 박혀 있는 난로는 도무지 구입하고 싶지 않았다. 나름 견고해 보이고 쓸모가 있어 보이는 것들은 가격이 너무 비쌌다. 그리고 난로가 커버하는 평수가 있었는데 조금만 크기가 커져도 가격은 비례해서 상당히 올라갔다.

내 수준에 맞는 적당한 모양새와 가격은 없구나, 하고 의기소침해 있다가 우연히 가게의 한 귀퉁이에 비닐포장지로 둘둘 싸여 있던 난로를 발견했다. 포장된 상태였지만 난로의 모양이 심플할 것으로 예측이 되었다. 주인 아주머니에게 저것은 무엇이냐고 물어보니 아. 그거 에이. 그거는 중고예요. 그거 말고 이쪽 거 어때요? 이거. 이거 좋아, 하는데 나는 고개도 돌리지 않고 저거 중고예요? 그래도 한번 볼래요, 하고 새것을 팔고 싶어 하는 티를 팍팍 내시는 주인 아주머니에게 난로의 모양을 확인해보고 싶다고 했다. 포장을 풀면서 주인 아주머니께서는 이게 중고이긴 한데 수입품이라 그다지 싸지는 않아요라고 말을 덧붙였다. 그럼에도 나는 빨리 포장을 벗겨달라고 요청했다. 포장을 벗은 난로는 중고라고는 하지만 어디하나 흠 없이 멀쩡해 보였고 무엇보다 매우 단순한 디자인을 하고 있었다. 주저하지 않고 이 난로로 하겠다고 말하니 주인 아주머니는 아유. 요새 나오는 새것들이 더 예쁜데 왜 하필. 굳이 하며 이마에 주름살을 잡으셨다. 나는 주인 아주머니와 조금도 비슷한 취향을 갖고 있지 않다는 것을 이미 한참 전에 깨달았기 때문에 쓸데없이 시간을 낭비하고 싶지 않았다. 이 난로로 결정했고, 가격을 좀더 싸게 해줄 것을 요청했다. 결국 설치하게 된 나의 난로도 중고라는 이유로 새것에 비하면 비교적 싸게 구입을 했지만 그럼에도 적당한 가격으로는 느껴지지 않았다. 우리나라에 페치카의 수요가 많지 않아서 일어나는 시장논리임을 모르지는 않지만 도무지 이 못생긴 검정색 쇠붙이들이 수백만원씩 한다는 것은 너무 비싸다는 느낌을 지울 수가 없다. 그럼에도 나 역시, 말이 좀 안 되지만 필요에 의해 사치품 하나를 장만하게 되었다. 장작난로를 들인 실내는 겨울철에 나의 집을 방문하는 사람들에게 어떤 로망을 채워주기도 했다.

"와. 장작난로네요? 정말 따뜻할 거 같아요."

"네…… 비주얼이 따뜻한 건 맞습니다."

나의 장작난로는 비록 중고(실로 난로는 구멍이 뚫리지 않은 이상 중고여도 아무 상관이 없다)였으나 10년이 넘도록 여전히 처음 살 때와 똑같은 모양새로 잘 쓰고 있다. 이 난로에서 고구마, 감자, 고기, 생선, 떡 등 뭐든지 구워 먹는다. 특히 평소에 생선구이는 실내에서 절대 요리해 먹을 생각을 해보지 못했는데 난로를 피우는 겨울철에는 생선을 구워 먹게 되었다. 고구마용, 생선용, 고기용 등 따로 쓸 요량으로 다양한 모양과 재질의 석쇠를 구비했다. 심지어 참나무 장작이 적당히 달아올라 희고도 붉은 숯이 되었을 때 그 불에 커피 로스팅 하는 요령까지 생겼다. 커피 로스팅용 석쇠도 따로 장만했다. 석쇠 부자가 되었다.

장작난로를 쓴다고 하면 장작을 구하러 뒷산으로 나무를 하러 가느냐고 물어보는 사람들이 간혹 있다. 아마도 〈나는 자연인이다〉 같은 유의 텔레비전 프로그램에 나오는 익숙한 어떤 그림을 연상하는 것 같다. 근데 진정 묻고 싶다. 진짜 궁금해서 묻는 것인지. 진짜 내가(아무리 활동적인 편이고 다양한 노동을 통해 거친 손을 가진 사람이라고 해도 나는 덩치가 작고 연약한? 여성이다) 지게를 지고 산으로 갈지도 모른다고 생각을 하는 것인지. 나무를 하러 산으로 가기는커녕 레저로 하는 등산조차도 자주 하지 않는 편이다. 장작용으로 주로 쓰이는 나무인 참나무는 사실 엄청나게 무겁다. 나도 정말이지 능력만 된다면 지게를 지고 나무를 해다가 불을 땠으면 얼마나 좋을까 생각한다. 설령 지게를 질 힘이 있고 나무를 해올 근력과 시간이 있다고 하더라도 내 소유의 산이 없다. 뒷산, 앞산, 옆산 주변에 산은 많지만 다 누군가의 산이다. 세상에 주인이 없는 산은 없다. 남의 산에서 함부로 나무를 해서도, 주워 와서도 안 된다. 장작을 트럭으로 주문해서 쓰고 있는데 생각보다 가격이 비싸다. 불을 때면 화르르 금방 사라져버리는 장작은 나무에게 미안한 마음도 있지만은 사서 쓰기엔 절대 싼 연료가 아니다. 난로가 사치품으로 느껴지는 만큼 장작도 같은 맥락으로 느껴진다. 9월이 지나 낙엽이 지고 쌀쌀한 바람이 불기 시작하면 겨울 채비를 시작하는데 내가 가장 먼저 하는 일은 보일러 난방유가 적당히 있는지를 확인하고 한겨울 내내 쓸 장작을 주문하는 일이다. 장작은 크게 세 가지 종류로 팔고 있다. 기다란 나무를 베어진 상태 그대로 파는 통나무, 그 나무를 적당한 크기로 절단만 해서 파는 절단목, 그 절단목을 바로 난로에 쓸 수 있을 만한 크기로 쪼개놓은 쪼갬목, 이렇게 주문할 수가 있는데 나무를 장작에 가까운 모양으로 만드는 수고가 더해질수록 가격이 비싸진다. 그래서 나는 중간 단계인 절단목을 주문해서 도끼로 직접 쪼갬목을 만들어 쓰고 있다. 도끼질은 장작을 배달해주는 사람에게서 배웠다. 처음에는 장작을 패는 일이 무척 곤혹스러웠다. 도낏자루에 휘둘린다는 표현이 딱이다. 장작 배달 해주는 이는 당시 내가 쓰던 도끼보다 더 무겁고 큰 도끼로 바꿀 것을 충고했다. 이것도 무거운데 더 무거운 것으로요? 황당해하는 내게 장작은 도끼가 패는 것이지 네가 패는 게 아니라는 당시로서는 당최 알 수 없는 소리를 했다. 이제는 장작을 팬 지 수년이 흘러 경력자가 되어간다. 흠. 그의 충고가 어떤 이야긴지 알게 되었다. 도끼를 들 기운만 있으면 되었다. 이제는 어지간한 남자(장작을 패본 적이 별로 없는데 남자라는 이유로 잘난 척을 하며 팔을 걷어붙이는 그런 유의 남자)보다 장작을 잘 팬다고 자부한다. 한번은 나의 집을 방문한 한 지인(남자)이 내가 장작 패는 모습을 보더니 눈이 휘둥그레져서는 도끼를 든 나의 초상을 집 대문에 커다랗게 붙여놓을 것을 권했다. 가끔 해장국집이나 토종닭집 입구에 통통한 아주머니 또는 털보 아저씨의 커다랗고, 심하게 미화되지 않은, 리얼한, 무표정의 초상을 내건 음식점들을 연상하면 된다고 했다. 그러면 혼자서 사는 여성이라고 얕잡아보기는커녕 근처에 아무도 얼씬도 하지 않을 거라나.

냉정한 평가를 하세요. Get a sober assessment., 2015, acrylic on paper, 36×28cm.

요다Yoda, 2017, acrylic on canvas, 53×45.5cm.

별이 쏟아진다

집을 짓고 이사를 들어온 지 얼마 되지 않아 친구가 놀러 와서 같이 강원도로 여행을 갔다. 나의 집은 이미 서울에서 한참을 강원도 쪽으로 나와 있는 즈음에 위치해 있기 때문에 강원도는 가벼운 마음으로 움직일 수 있게 되었다. 차를 타고 강원도 골짜기 이곳저곳을 다녔다. 마지막에 바다에 도착해서 바다를 보고 맛있는 게도 사먹었다. 어두워지기 시작해서 다시 집으로 출발했다. 집이 많지 않고 외진 편에 속하는 나의 집으로 오는 길은 자동차 헤드라이트 불빛을 제외하곤 까만 어둠 그 자체였다. 집에 도착하자 친구가 말했다.

"야…… 너의 집이 가장 외지다. 강원도고 어디고 여행을 다녀봤자 결국 너의 집이 가장 외지다."

꽤나 늦은 시각이었기에 몇 되지 않는 마을 집들의 불이 다 꺼져 있었

다. 친구와 나는 나의 정원에 서서 밤하늘을 올려다보았다. 별이 무수히
쏟아져내리는 그런 밤이었다.

창가

어느 폭풍이 불던 날 밤 나는 잠을 잘도 잤다. 이래저래 피로가 많이 쌓여 있었던 모양이다. 간밤의 소요는 사라지고 평온함이 이른 아침의 창문 앞에 찾아왔다. 무엇들이 그 어지러운 밤새 살아남았을까? 내가 안전한 네모 박스 안에서, 안락한 이부자리에서 입을 벌리고 침을 흘리며 색색 소리를 내며 깊은 잠에 빠져 있을 때, 그 폭풍 속에 잔혹하게 짓밟힌 것들이 있었을 것이다. 마지막까지 온 힘을 다해 싸우다가 어쩌면 가장 귀중한 것을 내어주었을지도 모른다. 간밤에 사라졌을지도 모르는 것들에 대해 생각해본다. 살아 있다는 것은 나의 숨소리를 느끼며 약간의 불안감을 느끼는 것.

창을 열자 바람이 살짝 실내로 불어 들어온다. 나는 언젠가부터 자연 속에서 살고 싶었다. 많은 이들이 그렇듯이, 꿈꾸었던 많은 어떤 이미지와도 같이. 나는 서울의 어느 변두리에서, 네모 박스 안에 살며 야생동물, 벌레, 산과 들, 꽃과 나무, 풀, 이슬, 별이란 단어를 책에서만 보며 자랐다. 성인이 되고, 여행을 떠났다. 막연하게 초록이 보고 싶어 도시를 벗어나는 버스에 올랐다. 기차를 타고 바다를 보러 달려갔으며, 비행기를 타고 먼 이국의 지평선을 보고, 설산도 보고, 사막을 보고, 인도양도 보았다. 이국인의 신비로운 빛깔의 눈동자를 보고, 다른 질감의 피부 조직을 보고 다양한 삶에 대해 신기해했다. 나는 이제야, 강가에 서서 아까 흐른 물이 이곳에 없다는 것을 관찰하고, 이것을 자각하고 있는 이 찰나 역시 계속 다른 찰나로 교체된다는 것을 배운다. 곧 과거가 될 지금 또한 나의 과거의 소망이었던 것을 잊지 않으려고 한다. 비와 눈과 바람을 막아줄 지붕과 벽이 있고, 소박한 작은 네모난 창이 있는 집안에서 창밖을 바라본다. 작은 새 한 마리가 이 나무에서 저 나무로 날아간다. 창밖엔 언제나 생경한, 내 것일 수 없는, 그래서 항상 신비로운 자연이 있다. 초록이 있고. 그것들은 숨을 쉬고 있다.

여름 오후-Summer afternoon, 2017, acrylic on canvas, 31.8×40.9cm.

VERY
GREEN

2부

정
원
과

밭

잔디와 디딤돌

    건물이 지어지고 공사의 소란스러움이 사그라질 무렵 엄마와 함께 잔디를 사다가 깔았다. 잔디를 까는 전문가들이 있다고도 들었지만 나의 정원은 그다지 큰 편이 아니고 절약도 할 겸해서 그냥 엄마와 둘이서 깔기로 했다. 잔디를 깔 땅을 편편하게 정돈한 뒤에 네모난 모양으로 잘라진 잔디를 타일을 붙이듯이 깔고 잔디와 잔디 틈을 흙으로 메워주면 되었다.

    잔디밭 하면 예전의 한 화가 선생님의 말씀이 떠오른다. 젊은 시절 형편이 어려웠던 작가인 선생님도 나와 비슷하게 시골의 저렴한 땅을 소유하게 되어 허름하게나마 작업실을 지었다고 했다. 잔디가 있는 정원은 어쩐지 사치스럽게 느껴져 잔디를 깔지 않고 잡초들 속에서 대충 살았다고 했다. 그러다가 시간이 흘러 허름한 작업실 옆에 작은 집을 짓게 되었을 때, 드디어 그 집 앞 터에 잔디를 깔았단다. 잔디를 깔고 나자 갑자기 모든 것이 달라진 것만 같은 느낌이 들었다고. 이전에는 관리받지 못했다가 갑자기 관리를 받는 윤기나는 집으로 바뀌었다고. 잔디밭 하나의 위력을 느꼈다며 잔디는 풍요로움의 상징이라고 자신이 이제는 잔디밭이 있는 집에 살고 있다고 흐뭇하게 얘기하셨던 기억이 난다.

그런 잔디를 나는 집을 짓자마자 깔기로 한 것이다. 에헴. 잔디는 단정한 한 가지 색깔, 초록색이기에 관리된 느낌을 주는 정원으로 보이기 위해서이기도 하지만 어차피 땅엔 곧 잡초가 무성해지기 때문에 관리의 편리를 위해서 가장 강력한 잡초(?)인 잔디를 까는 것이라고도 한다. 나는 그 말을 믿기로 했다. 잔디를 이기는 풀이 두어 종류 있기는 하지만 대체적으로 자리를 잡은 잔디는 다른 식물의 접근을 허하지 않는다. 그리고 햇살만 잘 깃든다면 번식력도 엄청나다. 나름 지독한 놈들이다. 언제나 그렇듯 우습게 알았던 잔디 까는 일은 3일이나 걸렸다. 잔디를 깔고 발로 꼭꼭 밟아주며 물을 주었다.

잔디를 깔고 1년 정도의 시간이 흐르니 잔디는 전체적으로 자리를 잘 잡았다. 판판한 초록색의 정원이 만들어졌다. 아침에 일어나 문을 열고 새롭게 생긴 네모난 초록색을 감상한다. 음…… 역시 사치스럽군, 하는 감정이 절로 인다.

잔디를 깐 후 얼마 뒤에 얼마간의 잔디를 걷어내고 울타리 문에서 집의 대문까지 걸을 수 있는 디딤돌을 깔기로 했다. 해가 솟구쳐 뜨겁다가 금세 먹구름이 다가와 빗방울을 흘려대는 날이었다. 얼굴로 땀이 흐르다 빗물이 흘렀다. 이런 미치광이 날씨에 하루종일 디딤돌이라는 것을 설치했다. 어떤 소재의 디딤돌을 설치할까 하다가 결국 벽돌을 선택했다. 폭 1미터 정도에 길이 10미터 정도의 디딤돌 길을 만드는 데 생각보다 많은 양의 벽돌이 필요했다. 삽, 괭이, 호미 등 가지고 있는 온갖 연장을 사용해서 잔디가 밀어닥치질 않을 만큼 깊이로 땅을 파고 며칠 전에 사다놓은 핑크색 벽돌을 나란히 나란히 땅속에 꼽아넣었다. 일을 마치고 저녁을 먹고 샤워를 하고 난 뒤 보니 고된 노동으로 손이 퉁퉁 부었다.

디딤돌을 깔 때 내가 고심한 것 중 또하나는 그 모양이었다. 울타리에서 집으로 들어오는 방향, 그리고 남쪽 방향으로 놓은 나무 덱이 있는 쪽, 이 두 방향으로 전체적으로 커다란 시옷 자가 되게 놓았다. 그러니까 잔디밭 사이로 커다란 핑크색 시옷 자가 땅에 그려지게 된 셈이었다. 그 시옷 자는 전체적으로 곡선을 그리게끔 했다. 나중에 어떤 건축가가 놀러와서는 그 디딤돌 모양을 칭찬했는데 이유는 그 곡선형 때문이었다. 그의 말에 의하면 나의 집은 매우 단순한데다가 네모난 각진 모양이 전부였기 때문에 땅에 그려진 그 곡선, 그것도 핑크 색깔의 곡선이 그 집의 딱딱함을 보완해주고 있다는 얘기였다. 뭐 그러한 점을 의도한 것은 아니었지만 칭찬을 받으니 기분이 좋지 않을 수가 없었다.

우리나라의 농촌 시골집 풍경에는 대체로 잔디밭이 없다. 어느 날 문득 그게 이상하게 여겨졌다. 어차피 마당 한 귀퉁이 꽃도 심고 가꾸기도 하

핑크색 바위 A pink rock, 2015, acrylic on canvas, 31.8×40.9cm.

는데 왜 잔디밭을 만들지 않는 것일까. 이제는 소위 말하는 전원주택 문화라는 것이 생겼는데 이 전원주택이라 불리는 것들만이 잔디밭을 품고 있다. 심지어는 잔디밭이 있어야 전원주택이라는 말을 갖다 붙일 수 있을 정도이다. 대개의 전원주택은 같은 농촌 지역에 있다고 하더라도 시골집과는 상당히 분리되어 보인다.

땀을 흘리며 잔디를 깔고 있을 때였다. 마을의 한 어르신이 지나가다 들어와 뒷짐을 지고 잔디를 까는 것을 구경하시다가 한마디 던지셨다.

"아. 거 뭐하러 잔디는 까슈?"

"네? 아…… 네…… 그냥…… 예쁘라고요."

"내 참, 거기에다가 고추를 심으면 고추가 몇 가마니 나올 텐데. 쯧쯧. 쓸데없이."

그때야 뒤통수로 식은땀과 함께 한줄기 깨달음이 왔다. 왜 우리 시골 마을에 잔디가 깔린 정원이 없는지.

울타리

키 낮은 나무 울타리를 다시 키 큰 울타리로 바꾸기로 결정했다. 처음 집을 짓고 나서 키 낮은 울타리를 길 쪽으로 둘렀다. 휙 하고 다리를 들기만 하면 건널 수 있는 정도의 키 낮은 울타리여서 크게 울타리로서 의미가 있다고 할 수 없을 정도였다. 울타리 대문은 아예 만들지 않았다. 그러니 언제든 지나가다가 스윽 하고 누구나 들어올 수 있는 정도였다. 얼마 후 점차로 나의 터 위쪽으로 하나둘 집들이 들어서기 시작했다. 생각보다 빠른 변화였다. 이곳은 나름 외지다고 느꼈었기 때문에 이렇게 금방 집들이, 이웃들이 마구 생기리라곤 생각지 못했다. 내가 집을 짓고 난 뒤 불과 2, 3년이 지나자 나의 집 위쪽으로 여러 채의 집들이 들어섰다. 나의 집은 멀리서 보자면 산자락 중턱쯤에 위치해 있다고 보면 되는데 그 위의 산을 다 깎아 정리를 해서 지금은 집이 10채가 넘게 들어섰다. 그러니 뒷산은

울타리 A Fence, 2014, acrylic on paper, 25×19cm.

이제 거의 없어졌다고 할 수 있겠다. 그 집들은 모두 서울에서 귀촌한 사람들의 집이거나 주말 주택으로 쓰려는 사람들, 그러니까 나와 비슷한 처지의 사람들의 집이 대부분이었다. (양평은 이제 서울과 그다지 멀지 않은 전원이 있는 곳이라는 인식이 커져 점차로 전원생활을 하려는 사람들이 많아지고 있다. 그래서 원래 토박이라고 불리는 사람보다 그들이 말하는 외지인의 수가 급격히 늘고 있다.) 그 10채가 넘는 집들이 들어서게 되면서 수많은 공사 차량과 낯선 차량들, 새로운 사람들의 왕래가 있었다. 처음 집을 짓고 얼마간 호젓했던 생활이 끝난 것처럼 보였다. 그들이 나의 집을 지나쳐 오갈 때 나의 키 낮은 울타리 너머로 정원 안을 흘깃흘깃 보는 것을 알게 되었다. 심지어 어떤 이는 한참을 서서 뭔가를 감상하는 듯도 했다. 이때 우연히 그들과 마주치게 되면 나는 나도 모르게 누구지? 하는 얼굴, 그야말로 신경질적인 얼굴이 된다는 것을 알게 되었다. 어딘가 낯선 동네에서 기웃거리면 의심 어린 눈초리를 가진 전혀 친절하지 않은 얼굴을 만나게 되는 일이 있는데 나도 바로 그 친절하지 않은 얼굴이 되었다. 내가 그 입장이 되고 보니 아…… 그 사람들 매우 싫었겠구나 싶었다. 하물며 매일 낯선 이들의 방문을 받아야 하는 관광지 근처에서 사는 사람들은 엄청 피곤하겠구나 하는 생각도 덩달아 들었다. 물론 지나가는 이, 또는 곧 이곳으로 내려와서 살려는 이, 이 지역에 관심이 있는 이들에겐 아직 집이 많지 않은 곳에 놓인 집이니 관심이 일 법도 하다. 하지만 나로선 여간 성가신 게 아니었다. 아침에 일어나자마자 문을 열고 정원에 서서 앞산을 쳐다보며 신선한 아침 공기를 쐬는 것으로 하루를 시작하는 것을 낙으로 삼고 있는데, 파자마 바람에 산발한 머리로 지나치는 낯선 이들과 마주치는 것은 결코 유쾌하지 않았다. 결국 한 친구의 조언으로 울타리를 높고 견고하게 바꾸기로 결심하게 되었다. 어디에 누가 어떻게 살고 있는지 다 알고 있는 소규모 사회에서는 울타리를 높게 짓고 사는 일은 눈살을 찌푸리게 만드는 일이기도 해서 처음부터 울타리를 높게 치지 못한 것이 사실이었다. 대부분의 토박이라 불리는 사람들은 울타리를 지니지 않은 집들에서 산다. 그들에게 울타리라는 것에 대한 반감 같은 게 있다는 것을 알고 있었다.

"남과 담쌓고 살겠다는 거야?"

"아니, 거서 대체 뭘 하기에 그래?"

"이놈의 울타리 때문에 길이 어두컴컴하잖아."

등의 이야기들을 하는 것을 여러 차례 들어왔다. 네 집 내 집 할 것 없이 문을 휙 열고 '어이 있소?' 하는 정서에서 울타리를 친다는 것은 소통을 안 하겠다는 의지라고 보는 것도 뭐라 할 수 없는 노릇이었다. 그래서 나 역시 처음에 울타리를 치지 않았지만 건물 밖으로 나가면 바로 길에 나앉는 것 같은 느낌이 드는데다가 혼자서 정원에서 무슨 일이라도 하고 있을라치면 뭐하쇼? 하는 소리가 등뒤에서 들릴 것만 같은 불안감 같은 것이 있었다. '사생활'을 보호받고 싶다라고 말한다면 사생활이 될 것이다. (사생활이 있는 여자라고요!) 적당히 지나가는 이가 일부러 노력하지 않는 이상

들여다볼 수 없는 정도의 울타리를 치고 나니 마음이 한결 안정이 되었다. 이 안은 노크 없이는 안 돼요, 라는 의사 표명 같은 거라고 할 수 있겠는데 그것이 사생활을 보호해주는 느낌이 들었다. 누구나 적당한 거리가 필요하고, 그 적당한 거리가 편안함을 만들어주기도 한다. 시간이 흐르자 마을의 어르신 한 분이 지나가시면서 말씀하셨다.

"거, 울타리 잘 쳤네. 대문도 튼실하고. 잘했네. 잘했어."

'어…… 진심이신가?'

하고 의아했는데 그 어르신의 집도 얼마 후에 울타리 공사를 하는 것을 보게 되었다.

전문가

양평으로 와서 살게 된 후에 당연히 가드닝, 특히 나무에 관심이 많아졌다. 하지만 아직 그전보다 관심이 많아진 것일 뿐 제대로 아는 게 별로 없다. 이곳에서 만나게 되는 사람들, 특히 나의 생초보 정원에 직접 들어선 그들의 조언들을 접하면 가끔 놀라곤 한다.

"에이, ……곧 죽겠어"
"어? 정말요? 아직 멀쩡한 듯한데……"
그러면 정말 얼마 후 그 나무가 죽는다.

"비싼 돈 주고 큰 나무 사다가 심지 마, 그래봤자 묘목 심은 거랑 2, 3년 지나면 똑같아져. 오히려 묘목이 더 건강하게 잘 큰다구……"

"그래도 이왕 좀 큰 나무가 낫지 않을까요? 몇 년 더 살았는데."

굳이 비싼 돈을 치르고 좀더 둥치가 굵은 나무를 사다 심었는데 그 나무가 몸살로 몇 년을 견디는 사이 어린 묘목은 더 튼튼하고 둥치가 굵게 자랐다. 그래서 몇 년이 지나면 정말 두 나무의 크기가 비슷해져 있다. 오히려 묘목이 더 잘 자라나 크기가 더 크기도 하다.

"아유, 물은 왜 주고 있어? 곧 비 올 텐데."

"에? 비 온대요?"

관절염을 앓고 있지 않아도 그들은 날씨를 정확히 예상하고 있다.

"이곳에 이 나무는 잘못 심었네. 다른 곳으로 더 크기 전에 얼른 옮겨요."

"왜요? 전 이 자리가 좋은데……"

얼마 후, 조언한 사람의 의견대로 힘든 삽질을 하고 있는 나를 발견하기도 한다.

"아휴, 이곳에선 백일홍 안 돼요!…… 감나무도 그림의 떡이지……"

심고선 그래도 1년을 버텨주던 백일홍이 다음해에 결국 목숨을 다했다. 감나무는 엄마가 좋아하셔서 여러 번 심기를 시도했으나 매번 죽은 나무를 처리하느라 힘만 뺐다. 역시 이곳은 추운 지역인 것이다.

"나무 전정을 좀 해줘야 돼."

"그게…… 제가 한다고 했는데…… 이렇게 자꾸 못생기게 되네요."

"아니, 자기는 그림을 그리는 사람인데 왜 이걸 그렇게 못해? 그림 그리듯 나무 모양을 보고 가지를 잘라주면 되는데."

"아…… 네……"

나무를 바라보며 허공 속에 드로잉을 하듯 나뭇가지 모양을 그리며 가지치기를 할 수 있게 된 건 다 그 이웃의 덕이다.

그들은 척 보면 이 나무가 곧 죽을지 혹은 잘 살고 있는 행복한 상태인지 관수가 필요한지 아닌지 그리고 나무의 위치에 대한 풍수까지 모두 많이 알고 있다. 그리고 그다지 친하지 않더라도 저 흉한 꼴을 그냥 지나칠 수 없다는 듯이 흠…… 흠…… 하며 평가와 조언을 아끼지 않는다. 되돌아가는 그들의 뒷모습을 보며 전문가……란 단어가 떠오른다. 오랜 기간의 경험들이 그들을 전문가로 만들었을 것이다. 여기서 만난 전문가들은 때론 지나치리만치 남의 것들이라도 그냥 지나치지 못하는 애정과 관심을 갖고 있다.

밭의 구획

매해 봄이 올 때마다 고민한다. 밭의 구획 때문이다. 누가 들으면 엄청난 크기의 밭을 경작하는 줄 알겠지만 실지로 나의 밭은 이웃의 밭들에 비하면 그다지 크지 않다. (물론 내게는 꽤나 큰 밭이지만.) 그래서 이 고민을 주변의 농부들에게 얘기하지는 않는다. 비웃음을 살 것을 알기 때문이다. 매번 새로운 봄이 올 때마다 밭을 새로 구획할 생각을 하느라 밭을 서성이며 구상을 하는 생짜 초보 가라 농사꾼이 여기에 있다. 그 초보 농사꾼은 그저 구상하는 것을 좋아한다. 새롭게 밭을 구획하는 일은 마치 빈하얀 캔버스에 무언가 구상한 그림을 스케치하는 것과 같다. 설렘 같은 것이 있다. 아마도 그것을 즐기는 게 어쩌면 이 쓸데없는 일의 목적일지도 모르겠다.

그래서 마을의 농사짓는 이웃들의 밭과는 전혀 다른 밭이 나의 밭이다.

질리지 않는 비법 The Secret not to be fed up, 2015, acrylic on paper, 25×19cm.

적어도 10미터 정도의 한 고랑 두 고랑 이런 단위로 그들 밭의 규모를 설명할 수 있다면 나의 밭은 한 평 두 평 정도의 작은 구획이 있다. 그리고 그 안에 여러 작물을 아주 조금씩 기른다. 내게는 그 정도 규모의 적은 수확물로 충분하다. 이 작물 옆에는 이 작물을 심으면 나중에 밭이 예쁘겠어. 또는 이 작물은 자주 갖다 먹는 것이니 집이랑 가까운 곳에 심어야겠지 등의 기준들을 설정하고 대입하느라 고민 사항이 많다.

이웃들의 충고도 마다하고 잡초 방지를 위한 멀칭 비닐을 쓰지 않으려고 하는 이유는 땅과 작물을 위해서이기도 하지만 밭의 자연스러움과 보기 좋음을 포기할 수 없어서이다. 그렇다. 나는 밭을 가꾸고 그 밭의 모양을 구경하는 자이다. 가끔 이웃이 나의 작은 텃밭을 구경하러 오셔서는 세상에나. 작은 밭에 없는 게 없구만. 허허. 귀엽네. 귀여워. 하신다. 나의 밭은 해가 갈수록 점점 규모가 작아지고 있고 심는 작물의 수도 적어지고 있다. 감당할 수 있는 만큼만 해야 한다는 결론이 점점 더 구체화되고 있다. 매일 밭을 돌볼 수 있는 형편이 아니기 때문에 점점 적당히 관리할 수 있을 정도의 규모가 되어가고 있다. 관리가 많이 필요한 작물은 이제 심지 않는다. 그리고 솔직하게 말하자면 나도 이제 잡초와의 싸움에서의 패배를 인정하고 부분적으로 검정 멀칭 비닐을 사용한다.

정원의 한 귀퉁이에는 퇴비 통이 필요하다. 음식물쓰레기, 낙엽, 뽑은 풀, 겨울에 난로에서 나오는 재 등을 넣어 퇴비를 만들기 위해 퇴비 통을 만드는 일, 퇴비 통의 위치를 정하는 일, 또 이것저것 낙엽이나 잔가지들을 태우기 위한 소각장을 만드는 일, 소각장의 위치를 정하는 일…… 작은 정원에서도 끊임없이 무언가를 만들고 결정해야 하는 일들이 많다. 안 해도 그만인 일이지만 안 하면 너무 티가 나는 게 이 정원 일이다. 또 하면 할수록 이게 끝이 나지 않는 일들이다. 그럼에도 봄바람이 살랑 불어오면 아…… 이번에 어떻게 해볼까나…… 하고 밭과 정원을 서성이게 된다.

네가 아름다워서좋아

네가 아름다워서 좋아 I like you just you are beautiful, 2015, acrylic on paper, 36×28cm.

고등어무늬 고양이 Mackerel tabby cat, 2017, acrylic on canvas, 97×130.3cm.

6월의 장미

화려한 기교는 눈에 금방 띄지만 금방 질린다. 담백함은 계속 생각나게 한다지만 처음에 자신을 소개하기에 쉽지가 않다. 그런데 따져보면 세상에 존재하는 모든 완성된 것들은 다 화려하기도 담백하기도 하다. 미완의 것들이 이렇다 저렇다 말해질 뿐. 그렇다. 6월이고, 장미가 완벽하게 피어 있다.

장미가 좋아 정원에 여러 종류를 사다가 심었다. 장미는 꽃 중의 꽃, 어쩌면 너무 흔한 꽃일지도 모른다. 하지만 화원에서 꽃다발로 사는 장미가 아닌 정원에서 장미를 기르는 일은 결코 쉬운 일이 아니다. 아름다운 꽃을 보려면 꽤나 잘 돌봐주어야 한다. 장미는 벌레도 많이 타고, 퇴비도 많이 필요로 한다. 덩굴장미인 경우 적당히 가지를 정리해주지 않으면 제멋대로 가지가 뻗어나가 정원을 어지럽힌다. 게다가 대개의 장미는 가시를 갖고 있다. 장미 가시에 찔리면 정말이지 오래가는 아픔이 있다. 장미를 손질하다가 가시에 찔리게 되면 장미 입장에서는 억울할 수도 있겠는데, 나만의 피해망상증이겠지만 장미가 나를 공격하고 있다는 느낌을 받는다. 누군가는 장미 가시에 찔려 죽기까지 했다고 하니 무서운 무기를 장착하고 있는 꽃임에 틀림없다.

화분에 있는 아직은 나무라고 하기엔 크기가 작은 어린 장미를 사다가 땅으로 옮겨심은 초기에는 벌레가 많이 꼬여든다. 벌레들은 여린 잎, 여린 꽃송이들을 아구아구 먹어치운다. 심지어 벌레들의 습격, 혹은 어떤 병으로 어느 날 보면 어? 하고 장미 나무가 아예 사라져 있다. 하지만 자리를 잡고 여러 해 묵어 튼튼해진 장미는 더이상 벌레에게 큰 해를 입지 않는 것으로 보인다. 작은 장미 나무가 정원 한곳에 정착을 해서 커다란 나무가 될 때까지는 꽤나 정성이 들어간다. 조금만 조건이 맞지 않으면 탐스러운 꽃을 피우지 않는다. 장미는 꽃을 보기 위해 심는 것이므로 나는 또 그만 이 아름다운 것들의 노예가 되어 전전긍긍 장미 나무를 보살핀다. 꽃이 다 떨어지고 찬바람이 불고, 서리가 내리고, 눈이 내리고 얼음이 어는 기나긴 겨울이 오면 장미 나무는 죽어 있는 것처럼 보인다. 그러다가 다시 포근한 봄바람이 불고 세상이 연두색으로 물들기 시작하면 죽어 있던 메마른 가지가 물을 머금고 슬슬 이파리부터 시작해서 꽃을 작은 크기부터 피워대기 시작한다. 장미가 피기 시작하는 5월, 장미꽃은 마치 색을 가진 빛처럼 반짝반짝 광채가 난다. 더워지기 시작하는 6월이 오면 향기와 크기, 그리고 빛깔이 합쳐져서 그 성숙함이 완벽을 이룬다. 그러고 보니 완벽한 상태란 매우 지난한 과정을 거쳐야 도달하는 거였다. 문을 열면 장미 향기가 폴폴 나는 6월이다.

향기가 솔솔 나서

엄마가 오셔서 함께 새롭게 구입한 작은 묘목 몇 개와 꽃들을 심었다. 그중 백합을 많이 샀다. 백합은 몇 년 전에도 구근을 꽤 여러 개 심었는데 엄마와 내가 공통적으로 좋아해서 종류별로 더 들여 작은 백합 밭을 꾸렸다. 백합은 구근이지만 한번 심어놓으면 잘 죽지 않고 번식도 잘된다. 매번 캐냈다 다시 심었다 해야 하는 다른 구근식물에 비해 번거로움이 없어 기르기 편한 편이다. 백합은 그 꽃의 화려함과 풍성한 느낌도 좋지만 단연 그 향기를 따라올 꽃이 없다. 백합이 피는 계절이면 흥흥…… 정원에 나가기만 해도 향기가 그득하다. 하지만 아쉽게도 백합이 만개하여 그 꽃을 감상하려고 할 때 장마가 온다. 비를 맞아 커다란 머리가 하나둘 쪼개져 떨어져내리는 것 같은 백합 꽃잎을 보고 있으면 참으로 처량하다. 빗속에서 지는 꽃은 괜스레 너무 늦게 만난 인연 같은 안타까운 느낌을 준다.

나의 정원에 심어놓은 백합을 보다가『향기가 술술 나서』(2012)란 그림책을 만들었다. 백합이 화려함을 뽐내다가 큰코다쳤다. 뭐 이런 이야기인데 기존의 그림책에 비해 그 결말이 쓸쓸하기 때문에 여러 이야기를 듣곤 했다. 한 친구의 어린 딸이 이 그림책을 읽고 난 후 울었다고 한다. 그래서 이유를 물었더니 백합이 불쌍하다고 했다고. 이 책의 주인공은 흰 백합과 남색주둥이노린재란 벌레인데, 여자아이들은 책을 보면서 자아도취에 빠져 있는 이기적인 캐릭터임에도 백합에게 감정이입을 하는 모양이다. 친구는 이런 책을 보면 어린아이에게 안 좋지 않을까? 하는 우려를 하는 것도 같았다. 해맑은 감정이 아니라 우울한, 부정적 감정을 느끼게 되는 것을 걱정하는 것이었다. 뭐 난 세상을 살면서 행복한 감정만 있는 것이 아니니 다양한 책을 통해 이런 감정 저런 감정을 다 느껴보는 것이 좋을 것이다라고 생각하는 편이지만. 부모는 아이에게 환한 것만 보여주고 싶을 수도 있겠다. 이 그림책의 결말에서 벌레는 날아가버리고 백합은 홀로 쓸쓸히 시들면서 페이드아웃된다.

나는 백합이 비에 젖어 떨어지기 전에 종종 줄기를 잘라다가 실내의 꽃병에 꽂아놓는다. 돌아가시기 전에 실내에서 향기 좀 술술 나게 해줘요 하면서.

신과 백합God and lily, 2012, acrylic on paper, 25×19cm.

잡초

봄에서 여름으로 진입하게 되면 잡초들을 한참을 쳐다보고 있게 된다. 물론 한숨을 쉬면서. 왜냐하면 너무 많기 때문이다. 뭔가 해결해야 될 일들이 밀리고 또 밀리면 일을 더 하기 싫어져 더 미루게 되어 실지보다 일이 더 많게 느껴지고 막 그렇게 되는데 정원의 잡초가 바로 그렇다. 이른 봄에 잡초 정리를 제때 하지 못하고 지나가면 날이 더워지고 비가 자주 오고 하면서 잡초는 이제 쳐다봐야만 하는 존재가 되어버린다. 그러니까 잡초와의 전쟁에서 패배하는 순간이 오는 것이다.

에잉, 하고 잡초를 뽑으려던 도구, 호미를 집어던지고 실내로 들어온다. 실내에 돌아와도 해야 할 일들이 쌓여 있다. 읽어야 될 책들도 쌓여 있다. 그려야 될 그림도 쌓여 있다. 고양이 화장실엔 똥이 쌓여 있다. 싱크대엔

설거짓거리가 쌓여 있다. 쌓여 있다. 정원의 잡초처럼. 안팎으로 할 일들이 쌓여 있다. 집안일을 덜고자 중고로 식기세척기를 들였다. 옷! 왜 진작 이용하지 않았을까! 싫어하는 설거지를 기계가 해준다. 너무 좋다. 쌓여 있는 일들을 피해 소파로 가서 누워 천장을 보며 생각한다. 가끔 정원에 찾아오는 노란 족제비가 잡초를 뽑아주면 좋겠다. 그림도 그려주는 기계가 있었으면 좋겠다. 소파에 누워 있을 때 고양이 싱싱이 옆에 와서 책을 읽어주면 좋겠다. 이렇게 멍청한 생각을 하다가 침을 흘리고 잠이 들어버린다. 악, 하고 눈을 뜨면 할 일들이 더 쌓여 있는 현실이 기다리고 있다.

안팎으로 일들이 많은 어느 초여름 날, 서울에서의 바쁜 일정을 마치고 늦게 집에 돌아왔는데 아마도 감기에 걸린 모양이었다. 편도가 심하게 부었고 목덜미가 뻑적지근하며 몸뚱이가 무거워 하루종일 침상에 누워 있어야만 했다. 다음날 창밖으로 햇살이 따스하고 이웃들이 저마다 나와서 텃밭을 가꾸는 게 보인다. 아직은 회복이 덜 된 힘든 몸을 이끌고 나의 어지러운 정원으로 들어선다. 나도 모르게 쭈그리고 앉아 잡초를 뽑고 있다. 목덜미에서 등, 허리로 햇살이 뜨겁게 내려앉는다. 노동을 하고 있는데 이상하게도 몸이 회복되고 있는 느낌을 받는다. 무거운 허리를 펴고 잠깐 일어서니 콧속으로 찔레꽃의 향기가 밀려들어온다.

Q 잡초가 무엇이냐?

앉아 있는 고양이 The cat sitting, 2017, acrylic on canvas, 53×72.7cm.

A 네가 심지 않은 것.

이란 말을 되새기며 잡초를 제거한다. 사실 햇살이 좋은 날보다는 비가 솔솔 오는 촉촉한 날 잡초를 제거하기에 좋다.

먹고사는 일

그림을 그리다가 문득 주말 동안에 꽤 큰 비가 온다기에 서둘러 며칠
먹을 야채 수확을 했다. 시골생활엔 문득 해야 할 일들이 많다. 이거 하다
가 보면, 어느새 저거 하고 있고, 일은 늘어지고 마음은 바쁘다. 휴······ 아
직도 할 일이 많이 남아 있다니 하면서. 게다가 틈틈이 나는 다람쥐인가
너구리인가, 틀림없이 고양이는 아닐 거야. 뭐 이런 쓸데없는 생각까지 하
고 있다.

한 친구가 내게 어떻게 그 많은 일을 다 하며 잘 살고 있느냐고 별로 감
탄 같지 않은 감탄사를 넣으며 얘기한다. 그러니까 내가 그림을 그리고
(뭐 굳이 따지자면 이것이 나의 본업이므로) 책도 만들고 하는 와중에 어찌
밭농사까지 지으면서 잘 살고 있느냐는 것이다. 그녀의 표현처럼 뭐 그리

작업실의 고양이 The cat in the studio, 2017, acrylic on canvas, 53×45.5cm.

머리를 풀고 Loose hair, 2017, acrylic on canvas, 53×45.5cm.

잘 사는 것 같지는 않지만, 그래도 여러 가지 일들을 시간 속에 배분하면서 살려고 하는 편이긴 하다. 그 몇 가지의 일들은 각 속성이 다르기 때문에 소비되는 에너지의 종류가 다르고 그에 따라 임하는 자세도 다르다. 나는 스트레스를 안 받는 방법을 찾기로 했다. 모든 일들이란 습관이 되면 그다지 스트레스를 받지 않는다. 몸과 마음에 익숙해지도록 만드는 것이다. 그래서 현재 내가 택하고 있는 방법은 특별한 일이 없는 한 하루를 2개로, 일주일도 2~3개로 쪼개는 것이다. 하루는 오전과 오후, 일주일은 실내 노동, 실외 노동의 날들, 하나 더 붙이면 노는 날 이렇게 말이다. 하루 중 대개 오전에는 그림 그리기, 글쓰기 등 주업무를 하고 오후엔 독서, 음악 듣기, 청소, 설거지, 고양이들 수발들기 등과 함께 어슬렁거리며 시간을 보낸다. 일주일의 경우엔 실내 노동을 하기로 한 날은 아무리 햇살이 좋고 창밖의 자연이 손짓을 해도 집밖에 나가지 않으려 노력한다. (진짜 노력해야 한다) 그러지 않으면 작업할 시간을 많이 허비하게 되어 본업에 충실하지 못하게 된다. 실외 노동을 하기로 한 날은 정원 일, 밭일 등을 하는데 농사 일정에 맞춰서 계획을 세우거나 되도록 주말에 하는 것으로 정한다. 노는 날은 먼 거리로 이동(주로 서울)하여 볼일을 보거나 친구를 만나거나 하는 등의 일들을 포함한다. 나는 잠꾸러기인 편으로 잠자는 시간은 줄여지지가 않는다. 그러다보니 매일의 시간이 헐겁지 않다. 이렇게 뭔가 이성적이고 계획적으로 잘할 거같이 말하고는 있지만 나는 기계가 아니므로, 그리고 일상이 항상 내 맘대로 흘러가지도 않으므로 이대로 다 잘 지키지는 못한다. 어떤 날, 생각한다. 나는 이 세상에 노동을 하려고 온 거로구나. 그러니까 너구리인가, 다람쥐인가. 틀림없이 고양이는 아닐 거야, 라고. 왜냐면 난 집사가 없잖아!

이런 컨트리에 살면서 누릴 수 있는 것은 단연 먹거리(마시는 공기를 포함하여)이다. 이것을 포기하지 않으려면 지속적으로 노동을 해줘야 하는데 여기에 쏟은 시간만큼 좋은 결과물이 나오는 것은 당연하다. 하지만 땅에 투자할 많은 시간이 없기 때문에 항상 조율을 잘해야만 한다. 나는 이곳에서 전업 농부로 살고 있는 것은 아니다, 라는 자각을 늘 하고 있다. 주변에 농부들이 꽤 있고, 그들과 견주면 안 되기 때문에 욕심을 눌러야만 한다. 못생기고 소박한 먹거리만으로도 '충분히 만족해'라고 항상 마음을 가다듬어야 한다. 열심히 그림을 그려내야 하는 때에 창밖을 내다보는데 아름다운 아지랑이가 피어나고 있으면 에잇, 하며 붓을 던져버리고만 싶어지는 일이 비일비재하다. 한번은 근처에 사시는 화가 선생님께 이런 고충에 대해 이야기를 했더니, 자신은 아름다운 봄날엔 암막커튼을 치고 작업을 한다고까지 얘기하시는 것을 보고 아!…… 진정한 작가란…… 이런 것들과도 투쟁을 해야 하는구나, 감탄이 나왔다. 무슨 일이나 그렇겠지만 원하는 것을 갖게 되기까지 어느 정도 자신의 쾌락과 싸워야 하는 등의 엄격한 자기 관리는 필수인 것 같다.

한 이웃이 오셔서 이렇게 말씀하신다.

"석미씨넨 땅이 좋은가봐. 해주는 것도 없는데 열매들이 실한 편인거 보면."

흠. 욕인지 칭찬인지. 내가 밭을 열심히 돌보지 않는 것은 이미 다 소문이 났구먼. 밭을 내려다보니 먹고사는 일에 대해 생각하게 된다. 그리고 이곳에 오게 되었을 때 커다란 창문으로 들어오는 햇살 속에서, 자연광 속에서 그림을 그리는 나의 모습을 상상하며 그 기대감에 흥분을 했었는데 현재의 나는 그러고 있으니…… 행복한 일이다, 라고 나름 자족하곤 한다. 작업할 것들이 쌓여 있는 날은 심신이 피로해 내 몸 하나 건사하기도 힘든데 밭이 다 뭐야. 에잇. 될 대로 되겠지. 흥. 나도 몰라. 그러다가 갑자기 밭에 미안한 마음이 든다. 밀짚모자를 휘리릭 대충 얹어 쓰고 장화를 신고 나가 열매들도 수확을 하고 밭도 둘러본다. 에휴. 잘 먹고살기는 역시 힘들구나.

토마토와 마늘 농사

거창하게도 누군가 내게 주력하는 밭작물이 무엇이냐고 묻는다면 토마토와 마늘이라고 대답하겠다. 그 둘은 내가 무척 좋아하는 식재료이기도 하지만 다른 작물들에 비해 농사가 쉽다. 그래서 지금은 밭을 꾸린 처음에 비해 작물의 종류에 대한 욕심을 다 버렸지만 토마토와 마늘은 해마다 꼭 심어서 먹고 있다. 그리고 토마토와 마늘은 수확한 뒤 꽤나 오랫동안 저장해두고 먹을 수 있어 나의 식생활에 큰 역할을 한다. 나의 간소한 농사와 식생활에 대한 이야기는 『먹이는 간소하게』(사이행성, 2018)라는 책에 대략 묘사해놓았다.

토마토 농사는 이제 씨앗부터 받아서 심는 정도에 이르렀다. 봄이 오면 미니 비닐하우스를 만들어서 토마토 모종을 낸다. 지금은 대략 4~5종의

두 조각 Two pieces, 2014, acrylic on canvas, 31.8×40.9cm.

토마토를 심고 있다. 모종이 자라고 날씨가 따스해지면 퇴비를 주고 갈아놓은 밭에 미리 세워둔 지주대 옆에 정식을 한다. 여름이 무르익으면 토마토도 따라 무르익어간다. 여름부터 초가을까지 토마토 수확은 계속된다. 그때그때 익은 순서대로 따서 어느 정도 양이 모이면 토마토 페이스트를 만든다. 이 페이스트는 소분해서 냉동고에 넣어놓고 토마토가 없는 추운 날 하나씩 꺼내어 요리에 쓴다. 날씨가 도와주면 선드라이드 토마토를 만든다. 토마토 수확철이 습도가 많은 여름이기 때문에 선드라이드 토마토는 종종 실패를 한다. 햇님이 도와주지 않으면 안 되는 게 바로 이것이다. 토마토는 물이 많기 때문에 말리는 데 시간이 든다. 일기예보를 보고 적어도 3일 이상 날씨가 뜨거울 만큼 햇살이 좋다고 하는 날에만 토마토를 말릴 수 있다. 잘 말려진 토마토 역시 냉동고에 넣고 먹거나 오일에 담가놓고 먹는다.

봄여름 농사가 토마토라면 가을겨울 농사는 마늘이다. 배추나 무 수확이 끝나면 마늘을 심을 준비를 한다. 마늘은 밭에서 겨울을 난다. 11월에 심은 마늘은 이듬해 이른봄에 연두색 새싹이 올라오는데 그것을 볼 때마다 대단하다. 대단해. 살아 있네? 안 추웠니? 라는 말이 절로 나온다. 따스한 봄바람을 품고 마늘은 자란다. 뜨거운 여름이 오기 직전인 6월에 마늘을 수확한다. 갓 수확한 마늘로 맨 처음 해 먹는 요리는 마늘구이. 팬에 오일을 두르고 마늘을 굽는다. 수분이 듬뿍 담긴 신선한 마늘은 달다. 그때의 마늘은 다른 재료의 도움 없이 그 자체만으로도 요리가 된다.

수확의 계절

    수확의 계절이라면 가을을 떠올리기가 쉽겠지만 내가 체감하기는 뜨거운 한여름이 피크이다. 아무리 더워도 긴팔, 긴바지에 모자를 눌러쓰고 밭으로 간다. 한여름에 먹거리들이 많이 나오기 때문에 수확의 기쁨을 맛보려면 부지런을 떨며 땀을 한 바가지 흘리고 모기에게 헌혈도 해야 한다. 심어놓은 토마토가 익어 벌어지기 전에 붉게 변한 것들을 딴다. 오이도 크기가 어느 정도 자란 것들은 딴다. 바질이나, 루꼴라, 상추, 치커리 등 잎사귀 야채들도 먹을 만큼씩 수확한다. 한여름엔 먹거리들이 풍성하여 다 처치하기도 힘들다. 그래서 해마다 밭의 규모를 줄이고 있지만 그래도 혼자 먹기엔 항상 넘친다. 먹거리가 나오지 않는 추운 계절에 비하면 복에 겨운 소리이다. 야채가 나오지 않는 계절엔 마트나 시장에 가서 사먹는데 그때마다 입이 나올 수밖에 없는 것은 가격에 대한 못마땅함도 있겠지만, 무엇보다도 맛이 상당히 다르기 때문이다. 밭에서 뜨거운 햇빛에 익을 만큼 익은 것을 수확한 것과는 맛과 향의 차이가 크다. 아무리 바빠도 밭농사를 포기할 수 없는 이유이다.

'자급자족'이란 이상적인 말을 마치 이루지 못할 꿈처럼 품고 산다. 처음 정원과 밭을 갖게 되었을 때, 그래! 자급자족이 답이야! 하고 허공을 향해 미친 사람처럼 외쳤다. 한 친구는 네가 거의 육식을 하지는 않아서 어쩌면 가능할지도 모르겠네, 하고 무심하게 말했다. 그래, 일단 과일나무를 여러 그루 심어보자. 여름에 익는 앵두, 오디, 보리수, 복숭아, 자두, 살구, 매실 나무는 물론이고, 가을에 만날 수 있는 사과, 배, 밤 나무도 나의 정원에 있다. 얼마 전에는 수피가 예쁘다는 모과나무도 사다 심었다. 오마나! 이렇게 다양한 종류의 나무를 심었다고 하니 정원이 꽤나 클까 하겠지만 모두 한두 그루씩 심었다. 그리고 아직은 어린 편이라 괜찮은데 이 나무들이 크게 자라면 나의 작은 정원이 숲속처럼 어두워질지도 모른다는 불안감이 벌써 밀려온다. 그래도 일단 잘 자라다오, 라고 말하지만 아직까지 나의 정원에서 과일을 풍요롭게 수확한 적이 별로 없다. 이유는 주변 분들 모두 하나같이 약을 치지 않아서라고 진단해준다. 약을 치지 않으면 과일나무는 꽃을 많이 피우고 열매를 많이 맺어도 온갖 벌레들이 찾아와 익기도 전에 다 낙과하거나 썩어서 난장판이 된다. 벌레들에게 아무리 사정을 해봐야 소용이 없고(나는 이 세상은 벌레들이 지배하고 있다고 생각한다) 약을 치는 일은 여전히 두렵다. 게으른 초보 농사꾼은 우물 쭈물 어쩌지 못하고 있다. 어떤 해에는 고작 배를 단 2알 수확해서 먹었다. 나무에서 딴 배는 크기가 너무 작고 껍질이 거칠어서 이거 먹을 수 있는 건가, 했지만 한입 베어무는 순간 향기롭고 달콤한 물이 주루룩…… 우 아. 이거 너무 맛있잖아! 작은 수확이지만 충분한 감동이 몰려왔다. 뭐 내 다가 팔 것도 아닌데. 충분해. 음음. 그렇지만 내년엔 5개는 먹고 싶다고 배나무에게 얘기해본다.

무엇보다 내가 좋아하고 신경쓰는 한 평 남짓한 딸기밭과 2, 3그루의 오미자넝쿨도 있다. 딸기는 늦은 봄부터 초여름까지 수확해서 먹는다. 딸 기가 나는 철엔 아침마다 딸기밭에 가서 허리를 굽히고 주섬주섬 붉게 익 은 몇 알의 딸기를 따 먹는다. 그때 먹고 남은 수확물들은 냉동 보관해놓 고 겨울에 요거트에 넣어 먹는다. 오미자는 가을에 수확해서 오미자 효소 를 만든다. 완벽한 파란 가을 하늘에 오미자가 익어간다. 그런데 고민이 있다. 얼마 안 달린 오미자 열매를 내가 먹을 것인가, 새님에게 양보할 것 인가. 흉작인 해에 하는 고민인데 왜 내 정원엔 흉작인 해가 많은 것일까. 하지만 더 깊이 생각하지 않기로 한다.

검은 열매 Black fruit, 2015, acrylic on paper, 25×19cm.

목화 프로젝트

목화는 이곳에 와서 처음 심어보게 되었다. 목화를 자세히 본 것도 처음이다. 대개 그렇듯 목화씨를 몇 알 얻은 게 그 시작이었다. 매년 목화씨를 받아 목화를 심은 지 수년이 넘어가고 있다. 목화는 꽃이 피고 그게 열매가 되고 그 열매가 벌어져서는 하얀 솜으로 핀다. 매 순간이 경이롭다. 그 단계 단계가 전혀 상상하기 어려운 예상 밖의 모습이다.

하지만 목화를 기르는 일은 내가 사는, 겨울이 긴 편인 추운 지역에서는 수월치가 않다. 목화를 키우려면 어느 정도 더운 시절이 지속되어야 하는 것 같다. 여기서는 목화꽃이 피고 열매가 맺어 솜이 되기 직전에 곧잘 서리가 내려버린다. 그러면 목화나무는 이내 얼어서 죽어버리기 일쑤이다. 해서 풍성한 목화솜을 채취하는 일이 상당히 어렵다.

나이드신 어르신들의 전설 같은 이야기에 의하면 예전엔 목화를 길러

직접 채취해 솜을 틀어 이불을 만들어 시집을 보냈다고. 목화 몇 그루를 심어본 나로서는 이불 한 채에 필요한 목화솜이 있으려면 대체 몇, 아니 몇백 그루의 목화를 심어야 하는 걸까? 라고 생각하니 저절로 오래전 어떤 상징적 이미지인, 미국의 어떤 그 끝이 보이지 않는 엄청난 규모의 목화밭이 떠오른다. 목화밭에서 땀 흘리며 일하는 검은색 피부의 노예도 같이. 아흐…… 여름이면 나도 검은색 피부가 되니 그 조건 하나는 맞춰지는 거려나. 아이쿠야 하고 만다. 엄청난 규모의 밭도 없고 노예도 나 혼자니 완전히 다른 상황이네. 헐. 그래도 해마다 몇 그루의 목화를 심어서 꽃을 보고 목화솜도 채취한다. 매우 소량이라 이것을 무엇으로 쓸 수 있을까. 10년 정도 목화솜을 모으면 자그마한 조끼 한 벌 지어 입을 수 있을까나.

하얀 목화솜의 감촉은 아…… 정말이지 화장품 광고에 나오는 형용사가 아깝지 않을 만큼 촉촉하고 산뜻하고 따스하다. 그 식물성의 따스함. 내년에도 목화를 심을까? 고민중이다. 어쩌면 나의 이 부질없을 수도 있는 목화 프로젝트는 언제까지 계속되려나.

그리고 보니 그렇다. Come to think of it, it is so., 2014, acrylic on paper, 25×19cm.

호박고지와 무말랭이

'호박고지'라는 걸 만들게 되었다. 호박고지는 호박을 썰어 볕 좋을 때 말려둔 나물을 말한다. 호박이 많이 나는 계절에, 호박이 나지 않는 계절을 위해 저장하는 방식 중 하나이다, 라고 엄마가 말씀하시며 일을 지시하신다. 엄마와 전화 통화중 호박이 너무 많이 나와서 다 먹을 수가 없다고 말씀드린 이유로 일을 하나 더 벌게 된 것이다. 그래도 햇살 아래 썰어놓은 다양한 크기의 동그란 호박의 절단면을 보고 있자니, 빛깔도 모양도 참으로 예쁘다. 저녁이 되어 말리던 호박고지들이 비나, 이슬을 맞게 되면 어쩌나 하는 생각에 다시 엄마께 전화를 걸었다.

"당연히 저녁에는 이슬 안 맞게 덮어놨다 다시 볕 좋은 아침에 널어놨다 그렇게 해야지."

"뭐야? 이놈의 호박 하나 때문에 그런 번거로운 일을 해야 된다고? 이

이씨…… 나 안 해."

"넌 그럼 먹을 게 그렇게 쉽게 만들어지는 줄 알았냐?"

"대체 그럼 그 짓을 언제까지 해야 되는 건데?"

"물론 호박이 바짝 마를 때까지지."

하여 당분간 나의 일상에 '호박이 마를 때까지'라는 특명에 의한 일과가 하나 더 생겨버렸다.

내가 정원과 작은 밭을 소유하게 되자 나의 엄마는 겨울을 제외한 계절, 농번기 때 나의 집에 한 달에 한 번 정도 방문하신다. 밭일을 거들어주러 오시는 거다. 한번 오시면 3, 4일 정도 밭일에 매진하다가 가신다. 댁에 돌아가시고 나서도 자신이 부려놓은 여러 가지 야채들의 안부가 걱정도 되실 것이다. 나의 부루퉁한 답변이 뻔할 것임에도 전화를 걸어 내게 이것저것을 지시하실 때가 있다. 나는 엄마에게 못된 농담을 종종 하곤 한다.

"지시할 것이 있다면 다음번에 오셔서 직접 하세요."

혹은

"엄마, 이렇게 땅을 빌려 쓰고 계시니 주말농장 비용을 지불하세요."

등등.

그럼에도 서울의 네모 박스 공동주택에 사시는 엄마는 가끔 나의 정원에 오셔서 꽃이나 나무들이 변하는 모습을 보고 흙을 직접 만지는 밭일을 하는 것에 행복감을 느낀다고 말씀하신다.

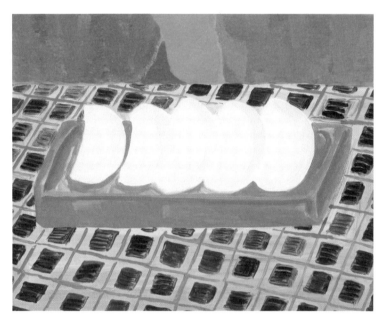

빛나는 오후 Shining afternoon, 2014, acrylic on canvas, 27.3×34.8cm.

늦여름에 뿌려놓고 가신 무씨가 커다란 무로 변해 있는 가을이 되면 엄마가 또 오신다. 무를 썰어 무말랭이를 만드신다. 가을무는 그냥 먹어도 국을 끓여 먹어도 깍두기를 만들어 먹어도 달다. 쨍하게 맑은 가을볕, 서늘한 공기 속에서 말린 무말랭이는 너무 맛있을 거라며 신나하신다. 무를 채반에 널어놓고 가신 후에 또 걱정이 되어 전화를 걸어오신다. 나는 또 부루퉁하게 대답한다.

"대체 그럼 그 짓을 언제까지 해야 되는 건데?"

"물론 무가 바짝 마를 때까지지."

월동 준비

한적한 곳에서 집 안팎을 손보면서 산다는 게 고즈넉하고 즐겁기도 하지만 어떤 날은 정말 고되기도 하다. 가을이 깊어가고 낙엽이 우수수 떨어져내린다. 찬바람이 불어 떨어진 낙엽들이 다시 튀어올라 춤을 추며 소요를 일으킨다. 밭에 아직 수확을 못 끝낸 작물들이 한두 번 내린 새벽 서리에 얼어서 쓰러져 눕는다. 창문을 꼭꼭 닫아야 하는 시절, 난방을 시작해야 한다. 더 추워질 일만 남았기에 서둘러 아직 다 하지 못한 일들, 즉 월동 준비를 해야 한다.

늦가을부터 바짝 몰아서 해야 되는 일들은 대체로 이렇다.

— 밭에 남은 작물들 수확

— 바질, 루꼴라 등 각종 한해살이작물들의 씨앗들 받기

— 이듬해 6월에 만날 마늘 심기

— 이듬해 봄에 먹을 시금치 파종

— 월동되는 민트류 모아서 정리

— 장미 등 기타 추위에 약한 나무들의 보온을 위해 짚 깔기

— 나무 가지치기

— 나무에 퇴비 넉넉히 주기

— 김장(은 엄마가 오셔서)

— 정원용 호스 정리

— 각종 농기구 및 정원용품 정리 수납

— 낙엽 쓸어 모아 태우기

— 지하수 모터 보온 처리

— 장작 들이기

— 야생 고양이들의 집 단도리

추위가 시작되어 휘몰아쳐 일들을 하면 온몸이 쑤신다. 그래도 더 추운 날 고생하지 않으려면 더 분주히 움직여야 한다. 어느 정도 일들을 마치고 나면 겨울이 온다. 이제 견뎌야 하는 시절이 온 것이다. 하지만 내가 제일 좋아하는 계절이 온 것이기도 하다. 그리고 드디어 눈. 눈이 내린다. 역시 눈은 좋다. 어떤 음울한 날, 국을 끓일 때 올라오는 거품 떠내듯 뭔가 떠

겨울 풍경 Winter landscape, 2018, acrylic on canvas, 31.8×40.9cm.

눈이 온 뒤 After the snow 07, 2017, acrylic on canvas, 31.8×40.9cm.

내고 싶던 마음들이 하얀 눈이 내리면 다 괜찮아진다. 물론 이젠 눈을 쓸 일들이 기다리고 있다.

봄봄

깊고도 긴 겨울을 굴속에서 지내듯 한 가지 색깔로 나면 어느덧 달력에 경칩이라고 쓰인 한자와 만나게 된다. 겨울잠 자던 벌레나 개구리가 깨어나고 저 북쪽 으스스 추운 지역의 대명사 대동강 물도 녹는다는 경칩이 오면 농사일을 시작하는 때라고 한다. 봄이 시작된 것이다. 아직은 쌀쌀하지만 장갑을 끼고 정원으로 나선다. 겨우내 창고에 넣어두었던 정원 호스, 호미, 삽 등 농기구들도 새로이 꺼내 정리한다. 정원용 가위와 작은 톱으로 나무들 잔가지도 쳐준다.

회갈색의 딱딱하고 생기 없는 땅 위에 선명한 연두색 반타원형 도형이 솟아오른다. 바로 봄의 신호탄 상사화이다. 날이 따스해져 다른 초록색 식물들이 많아지면 금방 존재감을 잃게 되지만 이른봄만큼은 상사화의 존재감이 단연 돋보인다. 그다음 주자는 지난 늦가을에 심은 마늘이다. 추

반가운 너의 입 Happy your lips, 2019, acrylic on paper, 25×19cm.

운 겨울을 견디고 여린 새순을 올려 보낸다.

봄이 오면 가장 먼저 심는 작물은 감자이다. 감자를 이번엔 어느 곳에 심을까, 양은 지난해보다 조금 덜 심어야지 등의 구상을 하며 추운 겨울을 난 밭을 한 바퀴 휘돌며 새로운 봄맞이를 시작한다. 흠⋯⋯ 지난해 지천으로 번진 딸기밭부터 솎아줘야겠구먼.

봄이 오면 실내에 앉아 있어도 놀라운 일들이 계속 벌어진다.

자판을 치고 있다(뭔가 구상중). 간만에 겨우내 꽁꽁 닫아두었던 앉아 있는 의자 바로 옆의 커다란 창문을 열어놨고, 그 창으로 봄 햇살과 살랑대는 바람이 불어 들어온다. 기분이 좋아진다. 머리털부터 똥꼬까지 기분이 좋다. 드디어 몸속으로도 봄이 진입한 것이다.

VERY
GREEN

3부

동물을 만나는 일

봄날의 달팽이 Snail in the springtime, 2015, acrylic on paper, 36×28cm.

부처님 오신 날

아침에 눈을 뜨고 창밖을 내다보니 세상이 '브라이트'하다. 좋은 계절이다. 부처님이 오셔서 그런지도 모르겠다. 아니 부처님이 좋은 날에 오신 건가. 일어나 문을 열고 연초록 빛깔 속으로 들어간다. 이른 아침의 공기에서는 몇 해 전 여행했던 어느 고산지대에서 맡았던 냄새가 나기도 한다. 또는 한참 전 어느 이국의 강가 근처 밀림에서 맡았던 냄새가 나는 것 같기도 하다. 과장이 아니다. 조금 더 낮고 따스하고 촉촉한 느낌이 들 뿐. 그렇게 매 아침은 같은 것 같지만 항상 다르다. 가만히 여러 소리들에 귀 기울인다. 새, 나비, 꽃들, 풀들, 나뭇잎들, 벌레들. 모두 새로운 아침을 시작하느라 분주한 그들을 만나는 아침이 행복하다.

작업을 하느라 바쁜 날들 속에서는 도통 외출을 하지 못한다. 그러니 사람을 만나지 못하는 날들이 많다. 나의 집으로 방문하는 사람들만 잠깐씩 만나는 것이 전부일 때도 있다. 그렇다고 말을 안 하고 살 수는 없으니 작업하는 도중 짬짬이 정원으로 나와 대화를 나눈다. 누구와의 대화냐면 주로 고양이, 꽃과 나무 들이다. 때론 벌레들과.

응. 그랬어? 그랬구나.

배고프니?

어디 갔었어?

고만 먹어.

예쁘구나.

등등.

거의 혼잣말에 가까운 일방적인 대화다. 지나가던 어떤 이가 보면 흠칫할지도 모르겠다. 그래서 속으로만 말할 때도 있다.

꽃들이 우아함을 뽐내고 저 먼 산들은 풍성하고도 다양한 색깔의 옷을 입고 배짱을 튕기고 있는 것처럼 보이는 모습을 멍하니 바라본다. 그 산들 사이에서 친절하신 해님이 떠오르시니 더할 나위 없이 좋다. 저 허공 어딘가로부터 부처님이 따스하게 온 세상을 감싸주시는 이런 날엔 뽀송한 감상에 젖어든다. 사람이 살기 좋으니 동물이 살기 좋고, 꽃들도, 잡초도, 별들도, 그리고 파리들도 살기가 좋다고 아우성이다.

걷는 고양이 The cat walking, 2017, acrylic on canvas, 53×72.7cm.

벌레

양평으로 와서 지내는 사이 스스로 가장 많이 바뀐 것 중의 하나가 벌레에 대한 생각, 혹은 태도라고 할 수 있다. 벌레 박사님이 아니고서는 벌레를 특별히 좋아하는 사람은 없을 것이다. 어떤 이는 벌레 때문에 귀촌에 대한 생각을 접었다고도 했다. 나 역시 벌레에 대한 공포가 있었다. 이곳에서 살면서 많은 다양한 벌레들을 만나고 난 뒤에 벌레를 굳이 싫어할 이유가 없다는 생각을 갖게 되었다. 그러니까 정확히 말하자면 좋아하진 않아도 싫어할 이유는 없는 것이다. 경험하지 않고는 쉽게 말하지 않는 법인가보다. 이젠 나방 애벌레 정도는 너무 귀여워 만져보기도 한다. 내가 만난 거의 모든 벌레들은 각자도생을 하고 있는 것으로 보인다. 모든 생명체가 그렇듯이. 누군가에게 이유 없이 해를 끼치지 않고 자신의 삶에 충실하다.

내가 유일하게 살충을 할 수밖에 없는 벌레는 딱 두 종류인데 바로 파리와 모기이다. 미안하지만 이들은 자꾸 나를 귀찮게 하고 나의 삶에 끼어들고 방해를 한다. 절대로 원치 않지만 그들의 천적이 될 수밖에 없는 운명이다.

모기와 파리 중에 내게는 파리가 더 인간의 삶에 밀접한 것으로 보인다. 그 말인즉 파리가 더 밉다는 뜻이다. 추운 겨울을 지나 봄이 오고 날이 따스해지면 세상의 모든 것들이 생동한다. 더불어 파리 등의 각종 벌레들도 신이 난다. (그렇게 보인다.) 다른 벌레들은 그다지 진입을 시도하지 않는 것에 비해 파리는 항상 열린 문으로 집안 침입을 시도한다. 실내로 들어온 파리는 내 머리통을 기준으로 곡선 직선 무한대를 그리며 윙윙…… 끊임없이 존재감을 알려댄다. 한데 이거 미안하다. 나는 곧 일어나 파리채를 꺼내러 갈 것이다. 내게 파리 살충은 파리채만이 유일하게 유용하다. 뿌리는 살충제는 쓰지 않는다.

가을이 왔고 이젠 파리가 없어졌구나 하고 생각하기 무섭게 갑자기 이상 기온으로 날이 따스한 어느 날, 아직 생존해 있는, 혹은 새로 태어난 파리들이 실내에 잠입하여 몇 마리 날아다닌다. 흠. 예상 밖의 파리를 또 만난 나는 파리, 너와는 절대 같이 살 수 없어, 하며 어디다 뒀는지 잠시 잊고 있었던 파리채의 위치를 추적한다. 파리를 박멸한 뒤에 오는 정적. 잠시 뒤 오는 괜한 속상함, 아직 사라지지 않는 파리의 그 뜨끈함에 대한 불쾌감이 공기 중에 머무른다.

파리를 죽이고 난 뒤 죄의식, 고통, 분노, 짜증 등의 마음으로 인터넷 곤충 도감을 찾아보니 이런 말이 있다.

파리 무리: 나쁜 병균을 옮긴다는 생각에 파리를 싫어하는 사람이 많지만 사실 그런 종류는 몇 안 된다. 오히려 많은 파리들이 벌처럼 꽃가루를 옮기며 농사에 도움을 주거나 인간의 생활과 무관하게 살아간다.

윽, 어쩌란 말인가, 하며 색이 예쁜 플라스틱 파리채를 쳐다본다.

정원에서 보지 않으려고 하면 벌레들은 크기가 작아서 안 보이기도 하지만 보려고 하면 다양한 벌레들이 보인다. 봄이 오면 주로 만나는 녀석들은 벌과 나비이다. 벌이 없어지면 지구가 종말한다는데 점점 없어져가고 있다고 한다. 나도 체감하고 있는 부분이다.

꽃을 이것저것 심었더니 나비가 많다. 나비. 벌레인데 무척 아름답다. 시끄럽지도 않다. 봄날, 장자의 나비 이야기에 빗지지 않아도 세상에서 제일 좋은 게 뭐냐고 묻는다면 '나비'라고 답하겠다. 내가 나비는 정말 예쁜 거 같아, 라고 밭일을 하러 오신 엄마에게 이야기를 했더니, 엄마는 넌 벌레는 싫어하면서 나비는 좋아하는구나 하셨다. 나비도 벌레인 건 알지? 음…… 그렇구나. 나비도 벌레긴 하지. 근데 나비는 왜 예쁠까? 생각해보니 나비가 가진 그 화려하거나 소박하거나 알록달록하거나 따스한 색이

나 그 외양 때문만은 아닌 거 같다. 나비의 그 움직임, 팔랑팔랑……이라고 쓰지만 실제론 소리가 나지 않는다. 소리가 진짜 안 나는 걸까. 가까이에서 들어보지만 인간의 청력으론 들을 수 없다. 신비롭다. 나비를 가까이에서 보면 사실 징그럽게 생기기도 했다. 세상에 존재하는 모든 것들이 자세히 보면 다 낯설고 이상하게 생겼다. 누군가의 말처럼 아름다운 것은 이상한 것인가. 이상하게 생긴 나비는 아름답다. 꽃 역시 마찬가지. 아름다운 빛깔과 향기를 지녔지만 자세히 보면 이상하게 생겼다. 이상하고 낯선 구조를 가진 꽃들도 많다. 꽃과 나비가 만나는 일은 세상의 어떤 완벽한 한 장면이 아닐 수 없다. 아니, 어쩌면 완벽을 넘어서는 장면 같다. 아름다운 날갯짓을 하는 나비의 수명은 보통 2주 정도라고 한다.

어둠이 내려앉으면 불 밝힌 창문으로 찾아오는 다양한 모양과 크기의 나방들을 만난다. 나비와 다르게 취급받고 있는 나방은 내게는 좀 측은하게 여겨지는 존재들이다. 마치 모차르트와 살리에리 같다고나 할까. 나는 굳이 나방을 죽이지 않는다. 어쩌다 실내에 들어오게 된 녀석들은 생포해서 내보낸다. 다음날 아침이면 창가에서 여러 마리가 간밤인지 새벽에 돌아가신 것을 확인할 수 있다. 생을 다한 것일 거라고, 그들의 짧은 생에 대해 잠깐 묵도를 보낸다.

늦여름이나 초가을에는 잠자리, 부처나비, 메뚜기, 그리고 이름을 알 수

어서 와 Come, 2012, acrylic on paper, 25×19cm.

없는 동글동글한 벌레들을 쉽게 만난다. 이들은 꽤 조용한 편이다. 그런데 나만의 착각일지도 모르겠지만, 이놈들을 찍으려고 카메라를 들이대면 갑자기 몹시 분주한 듯 보인다. 하긴 그들에겐 거대한 괴생물체의 등장일지도. 자세히 보면 볼수록 벌레들은 정말 이상하게 생겼다. 우주인 캐릭터가 여기서 나올 만하다. 그중에 최고로 시끄러운 놈, 어디 있나 했더니…… 앗 드디어 찾았다. 덩치가 보통 큰 게 아니다. 내가 시끄럽다고 말하자 갑자기 뚝 조용하더니 삐졌다는 듯이 쌩~ 날아가버렸다. 그놈은 바로 매미.

한 책에서 읽은 얘기.

우리가 알고 있는 이솝우화 중 '개미와 베짱이'는 원래 '개미와 매미'였다고 한다. 한데 북미나 북유럽에 매미가 거의 살지 않는다고. 북유럽 사람들이 이야기를 이해하지 못해서 베짱이로 바뀐 것이라고 한다. (베짱이는 여치과의 곤충을 총칭. 매미와는 달리 쯔르르르…… 하고 욺.) 끝여름, 우리에겐 징글징글 익숙한 매미 소리를 북유럽이나 북미 사람들은 들어본 적이 없다는 얘기.

가을이 오는 어느 날은 하루살이가 창궐한다. 이놈의 하루살이들, 귀찮게 군다고 투덜댔더니 마침 옆에 있던 엄마가 또 한말씀하신다. 하루밖에 못 사는데 좀 봐주렴. 아. 정말 난감한 상태다. 하긴 그래봐야 어쩌지도 못한다.

겨울이 오면 모두 모두 잠이 든다. 혹은 어딘가로 사라진다. 쪼개질 듯 차갑고 맑은 공기는 각종 벌레들이 분명히 좋아하지 않는 것으로 보인다.

새를 그리긴 싫어요

이곳에 오고 얼마 후 문득 아침형 인간이 되었다는 것을 깨달았다. 새들은 이른 아침에 서로 대화를 나누는 듯하다. 내겐 매우 잔난 척을 하는 것으로 보인다. 치. 그래서 나도 아침형 인간이 되었다고 맥락 없이 그냥 우겨본다.

난 뭐 그들이 듣든지 말든지 간에 가끔 시끄러운 새들을 향해 말한다.

"새를 그리긴 싫어요!"

그러니까 내가 할 수 있는 유일한 투정이라고나 할까. 암튼 그렇다. 그럼에도 나는 뚝딱뚝딱 자투리 나무로 새집을 만들어 어디다가 매달지 고민하고 있다. 어떤 새는 내가 애써 만들어 매달아놓은 새집은 내팽개쳐놓고 새집에 비해 훨씬 사이즈가 커다란 우편함에 집을 짓는다. 이 녀석들, 너희도 큰 집을 좋아하는 것이냐! 우편함에 각종 부드러운 덤불들과

큰 새 작은 새Big bird little bird, 2014, acrylic on paper, 25×19cm.

함께 새털이 켜켜이 이불처럼 놓여 있고 그 위에 알(너무나 조그마한)이 있다. 아침에 만난 우체부 아저씨와 함께 우편함을 열어보고선 어쩌지요? 하며 서로 머쓱해한다. 그래도 치울 수는 없으니 당분간 우편물은 다른 곳에 놓아주세요, 라고 말할 수밖에. 역시 새들은 싸가지가 없다. 주차되어 있는 차에도 똥을 칙칙 싸놓는다. 어떤 녀석은 내가 보건 말건 차의 사이드미러에 앉아서 자신의 모습을 보기도 한다. (내겐 그렇게 보였다.) 잘난 척이 하늘을 찌른다. 높은 나뭇가지 위나 전선 위에서 노니는 그들을 쳐다보느라 고개가 아프다. 자세히 볼 겨를이 없이 감히 어딜 봐, 하는 투로 씽 하고 날아가버리기 일쑤이다.

서쪽 울타리 쪽으로 찔레덤불이 있다. 이른봄에는 하얀색 향기로운 꽃이 만발하고 가을이 오면 붉은색 작은 열매가 가득 열린다. 가시덤불이어서 관리할 때마다 가끔 찔리기도 하지만 이 찔레덤불을 없앨 마음이 없다. 이웃은 산야에 흔하디 흔한 찔레나무를 뭐하러 기르냐고 하지만 나는 울타리로도 봄에 정원 가득 퍼지는 향기로도 이미 충분히 그 역할이 있다고 생각한다. 찔레나무에는 봄에 꽃이 가득 필 때는 벌과 나비가 날아들고 가을에는 작은 새들이 많이 날아든다. 이 작은 새들이 붉은색 찔레 열매를 먹는 모양이다. 찔레 열매는 아주 작아서 감히 인간은 먹을 엄두도 못 낸다. 역시 귀여운 것들은 귀여운 것을 먹는구나.

이곳에 와서 새를 보게 되었다. 새를 보게 되면서 새를 더 보고 싶어졌다. 더 가까이 더 자세히 더 자주. 그래서 '버드 피더'라는 것을 설치하기로 했다. 버드 피더는 새 모이통과 다른 게 아닌데 우리나라에는 정원 문화가 별로 없는 관계로 낯선 이름이지만 유럽에서는 정원용품 가게에 가면 쉽게 접할 수 있는 물건이다. 새에 관련된 한 만화책을 읽어보고 나서 힌트를 얻었고, 정원에 버드 피더를 많이 설치해놓는 북유럽을 다녀온 후 결심을 굳혔다.

　한겨울 눈이 녹을 겨를이 없이 계속 내리고 쌓여 세상이 온통 꽁꽁 얼어붙으면 나의 정원을 왕래하는 야생 고양이들이 득실한 이곳에 새들이 목숨을 걸고 먹이를 찾으러 땅에까지 자주 내려앉는다. 찾아오는 새의 종류를 정확히는 다 모르겠지만 까마귀, 까치, 산비둘기, 참새, 박새 등 익히 아는 놈들을 빼고 이름을 잘 모르겠는 새가 여러 종 더 있는 것 같다. 봄, 여름엔 높은 가지나 전깃줄에 앉아 얄밉게 노래만 불러대더니 이들도 겨울엔 어쩔 수 없는 모양이다. 그래서 새를 관찰하기엔 겨울이 좋다. 먹이가 부족한 겨울에 버드 피더는 그들을 유인할 가장 좋은 방법이다. 나는 실내의 창가에서 잘 볼 수 있는 위치의 보리수나무에 버드 피더를 매달았다. 철제 망사로 만들어져 있는 버드 피더에는 주로 해바라기씨를 넣어놓는다. 그 옆에 나무기둥에 받침대를 달아 만든 모이대를 설치해서 그 위에 먹다 남은 과일 껍질이나 견과류, 빵 부스러기, 밥풀 등을 올려놓는다. 버드 피더 및 모이대를 만든 이후 정말 새가 자주 많이 찾아온다. 산새 중에 꽤 덩치가 큰 편인 시끄럽고 까칠한 녀석인 직박구리는 먹다 남아 버

상냥한 우체부 Friendly mailman, 2009, acrylic on paper, 25×19cm.

린 과일 껍질을 좋아한다. 해바라기씨는 박새가 좋아한다. 버드 피더에 작은 박새들 여러 마리가 매달려 쏙쏙 하고 해바라기씨를 꺼내 먹는 모습은 한참을 바라보아도 지겹지 않다. 추운 날 얼어 있는 과일 조각을 주둥이로 샥샥 쪼개내어 찍어 먹는 직박구리는 셔벗을 먹는 기분이겠구나 하는 생각이 든다. 집에서 먹다 남은 다양한 먹거리를 주어봤는데 이럴 수가! 마카롱도 좋아한다. 이것들도 유행을 아는가보다.

봄이 오고 이곳저곳 열매들이 주렁주렁 달려 있는 계절이 오면 버드 피더에 손님이 끊긴다. 이제 산속에 더 맛나고 신선한 먹이들이 많아지기 때문일 것이다. 더운 계절이 오면 버드 피더는 다시 추워지기 전까지 장사를 철수한다. 새들을 자세히 또 보려면 추워지는 날까지 기다려야 한다. 그래도 가끔 봄볕을 받으며 정원 귀퉁이에 앉아 있자면 가끔 새들이 내 머리 바로 위로 날아간다. 물론 잘난 척을 하면서. 귓전을 스치며 나는 새의 날개의 엄청난 운동성을 가진 소리, 그러니까 그 펄럭거림에 깜짝 놀란다. 알고 보니 새들도 엄청 힘들게 날갯짓을 해서 나는 거였구나. 그래, 나느라 수고한다.

야생동물

정원에 잔디를 깔고 얼마 지나지 않은 어느 날, 창밖으로 직접 시공한 초록의 카펫을 뿌듯한 마음으로 쳐다보고 있었는데 갑자기 노란색의 움직이는 물체가 통통거리며 창문의 프레임 안으로 들어왔다 거침없이 밖으로 지나갔다. 엇?! 내가 지금 뭘 본 거지? 잽싸게 문을 열고 밖으로 나갔지만 좀 전에 봤던 것을 다시 확인하지는 못했다. 분명히 노란색이었고 마치 캐릭터 인형처럼 어여쁜 무엇이었다. 그렇다. 나는 족제비를 난생처음 직접 본 것이었다. 하루종일 아름다운 그 족제비 생각에 빠져 있었다. 얼마 후에 족제비를 또 만났다. 세상에! 족제비는 너무 어여쁘게 생겼다. 그래서 족제비라는 녀석을 나도 모르게 기다리게 되었다. 하지만 자주 만날 수는 없었다. 인터넷으로 족제비에 대해 찾아보니 귀엽게 생긴 것에 비해 우리나라 산야의 포식자 위치에 있는데다가 덩치가 작은 것에 비해 매우 많이 먹고 포악하기까지? 하다고?! 닭을 기르는 사람들의 피해가 꽤 있는 모양이다.

그리고 이곳엔 길고양이라기보다는 야생 고양이라고 불러야 될 고양이들이 있다. 나는 그들의 삶에 조금의 도움이 되고자 나의 정원 한 귀퉁이에서 밥과 물을 챙겨주고 있다. 아마도 그리 멀지 않은 이 산 저 산에 소문도 났을 것이다. 야생 고양이들의 급식소가 저 어디에 있다고.

어느 추운 날이었다. 다리 쪽과 엉덩이 쪽에 털이 다 빠져서 처음에 이건 뭔 짐승? 이런 생각이 드는 낙엽 색깔 동물이 나의 정원을 어슬렁어슬렁거렸다. 그놈은 고양이 밥그릇은 물론 심지어 새 먹이 찌꺼기가 떨어져 있는 버드 피더 밑까지 뒤적거렸다. 고양이들보다 덩치는 크지만(작은 개만 하다) 고양이 가족들 주변을 어슬렁거릴 뿐 자리를 차지하지 못하다가 그들이 배를 두드리며 사라지자 와서 빈 밥그릇을 핥다가 갔다. 창밖으로 그놈을 자세히 보았는데 언젠가는 엄청 귀여웠을 너구리였다. 궁금해서 찾아보니 너구리의 수명은 7~10년이라는데 내가 본 놈은 매우 나이가 많거나 아마도 아픈 놈일 게다. 이렇게 상태가 안 좋은 야생동물을 본다는 것은 가슴이 아픈 일이다. 고양이 놈들이 적당한 잠자리를 찾아 떠나고 난 후 내가 그놈에게만 밥을 주려고 문을 열고 나가니 그래도 야생 짐승이라고 훌쩍 도망가버렸다.

또 언젠가는 오소리도 보았다. 내게서 밥을 얻어먹고 자신들이 나의 정원의 주인인 양 살아가는 야생 고양이들의 으르렁거리는 소리에 나가보니 고양이에 비해 덩치가 커다란 회색 털을 가진 놈이 고양이집 근처를 어슬렁거렸다. 나와 눈이 마주쳤지만 놀라는 것 같지도 않았다. (흠칫. 내가 놀람.) 그 느긋한 폼이 야생동물의 것이 맞나 싶었다. 조금은 두려운 마음에 잠시 멈칫하던 나도 궁금해서 계속 녀석을 지켜보니 잠시 후 산 쪽으로 둔한 발걸음을 옮겼다. 이 낯선 동물을 만난 것은 처음이라 곧 바로 인터넷을 뒤져 오소리임을 확인했다. 아. 오소리는 이렇게 생겼구나. 몇 해 전부터 보이던 노란색의 아름답고 귀여운 족제비는 요즘 거의 방문하지 않는다. (아마도 밖의 고양이들 때문이리라 추측.) 대신 친구 오소리를 보낸 모양이었다. 인터넷에서 얻은 정보에 의하면 오소리 역시 족제빗과 동물이고, 먹이는 토끼·들쥐·뱀·개구리·곤충·두더지·지렁이·식물의 뿌리·도토리·구근·버섯 등등이라고. 거의 족제비나 고양이나 다 비슷한 먹이들을 먹는 거 같다. 그리고 오소리를 검색하자 오소리 농장이 나온다. 오소리로 오일, 비누 등을 만드는 모양이다. 으이구, 오소리님께도 죄송한 인간들이다.

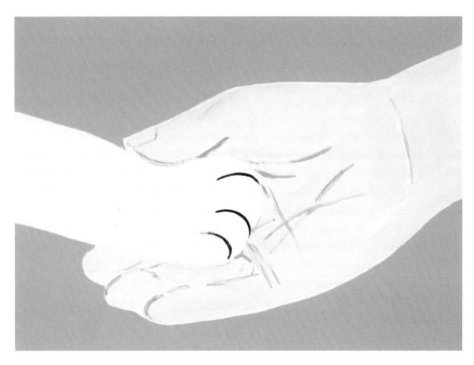

악수하기Shaking hands, 2014, acrylic on canvas, 24.2×33.4cm.

야생 고양이

나는 산과 논밭이 집보다 많은 한적한 지역에 살고 있으므로 이곳에서 만나는 고양이들은 야생 고양이라고 칭하기로 한다. 서울 같은 도시에서는 길고양이라고 칭해지는 녀석들 말이다. 그들이 길에 있는 거 같지 않으므로 길고양이라고 부르기엔 뭣하다. 산고양이, 들고양이가 더 적합한 용어이다. 그리고 실지로 도시의 길고양이와는 약간은 다르게 살고 있는 것도 사실이다. 나의 집 실내에 살고 있는 고양이, 즉 나의 반려 가족인 고양이가 여럿 있지만 야생 고양이와 나의 반려 고양이, 그들은 서로 왕래가 불가능하다. 창을 통해 서로를 각자의 위치에서 관찰할 수 있을 뿐이다. 종종 실내 고양이를 목줄을 매고 밖으로 산책을 데리고 나갈 때가 있는데 그때가 서로가 같은 공간에서 만날 수 있는 유일한 때이다.

밖에서 자유로워 보이지만 거칠 수밖에 없는 야생을 사는 고양이들에게 내가 해주는 것은 먹이와 물을 챙겨주는 것이다. 그리고 새집을 지어 나무 위에 올려놓듯 나무로 집을 지어(그러니까 새집보다는 큰 고양이집이 되겠다) 정원의 귀퉁이 두어 군데 가져다가 놓았다. 그들의 추운 날들을 배려하는 마음에서이다. 정원에 나가서 일을 하고 있을 때 간혹 나누는 눈맞춤 몇 번이 그들과의 교류의 전부이다. 일부러라도 더이상 그들에게 접근하지 않는다. 그저 나의 정원을 누릴 수 있게 내버려둔다. 내 딴에는 그들에게 약간의 편의를 주었다고 생각하는데 사실 어쩌면 이곳은 나의 정원이기도 하지만 내가 이곳에 오기 전부터 그들에겐 오랜 세월 대를 이어온 삶의 터전(영역)일 것이다. 그들의 터전에 내가 들어와 껴 살고 있는 것일 게다.

  고양이라는 동물을 좋아하는 내가 나의 반려 고양이들과는 달리 그들과의 관계 맺음에 좀더 적극적이지 않는 것, 적당한 거리를 두기로 한 것은 이러저러한 경험 끝에서 내린 판단이다. 그들에게 내가 많은 것을 해줄 수 없고, 그럴 필요도 없다는 것을 깨달았다. 그들을 관찰하고 그들의 생태를 이해하는 데 꽤나 여러 해가 필요했다. 그들은 분명 고양이(사람과 꽤나 친근하여 함께 오랜 세월을 살아가는 동물)긴 하나 나와 함께 사는, 그래서 내가 책임을 져야 하는 애완동물(혹은 반려동물)은 아니기 때문이다. 그나마 그들에게 밥과 물과 공간을 적당히 챙겨주는 것은 그들이 조금만 더 행운이 깃든 삶을 살기를 바라는 마음, 그들의 척박한 생존에 아주 조금의 보탬이 되고 싶은 마음에서이다. 물론 이것은 나의 마음일 뿐

실지로 그들에게 도움이 되는지 여부는 잘 모르겠다. 이 정도가 지금의 그들에 대한 나의 태도이다.

이름 붙이기라는 명제가 있다. 이름을 붙이는 순간, 관계 설정이 되어버린다. 이곳에 와서 처음에 만난 녀석들에겐 이름들이 있었다. 부르터스, 제시카, 냐옹이, 몽실이, 미미, 코코, 토토 등. 그러다가 언젠가 같은 배에서 난 비슷하게 생긴 여러 마리들은 몽실이1, 몽실이2, 몽실이3 등으로 부르다가 지금은 어지간해선 이름을 잘 붙이지 않거나 싸잡아서 암컷은 미미, 수컷은 토토로 부른다. (왜 미미와 토토인지는 나도 잘 모르겠다.)

이곳에서 사는 10여 년 동안 내가 만난 야생 고양이의 숫자는 수십 마리가 넘는다. 사실 고작 10여 년이지만 그들의 몇 대손까지 보았다고 해두 된다. 야생의 고양이들의 수명은 평균 2~3년 정두 로 본인다. 여기서 만난 이들에게는 거의 공통점이 있다. 어쩌면 이곳에서 터를 갖고 사는 녀석들의 유전적 성질일 수도 있겠는데 그들은 모두 야성미가 넘친다. (너무 당연한 이야긴가? 고양이를 길러본 사람들은 알겠지만 그다지 당연하지 않은 이야기다. 야성미가 넘치는 고양이, 글쎄…… 내 경험으론 별로 많이 만나보지 못했다.) 그리고 시건방지다. (너무 당연한 이야긴가? 고양이들이란.) 나를 만나면 밥 안 주고 어디 다니는 거냐? 밥은 항상 제때! 그리고 웬만하면 맛난 걸루, 라는 투로 그 뻔뻔함이 하늘을 찌른다. 그러면서 내가 건드리면 어어. 어딜 만져! 하는 투다. 살갑게 굴면서 내게 아부를 해도 시원찮을 판에 말이다. 그래도 고양이 집사로 오래 살아온 나로선 어쩔 수 없이 그들을 또 모시고 있다. 전생에 고양이님들에게 지은 죄가 이만저만이 아니었던 모양이다.

일어나 눈을 뜨면 실내 고양이들 밥을 챙겨준 뒤에 창밖으로 나를 기다리고 있을 밖에 사는 야생 고양이들 밥을 챙겨주려고 부엌문을 연다. 으악. 이건 또 뭔가? 쥐의 뇌를 보게 될 줄이야. 특히 가을이 오는 길에 고양이 녀석들은 뭔가를 많이 잡아먹는 것 같다. 동면하는 것도 아니면서. 하긴 그들의 먹이인 설치류들이 동면을 하던가. 아작아작 맛나게 먹다가 내 손에 들린 밥이 담긴 그릇을 보고 먹던 쥐를 내동댕이치고 달려온다. 엊그제는 뱀의 사체를 처리했는데 오늘은 아마도 이들이 먹다가 남길 예정으로 보이는 쥐의 사체를 처리해야 될 것이다. 먹다 남은 사체엔 벌과 개미 등 각종 벌레들이 모여들어 잔치를 벌이기 시작한다. 한 마리의 쥐로 태어나 엄청나게 보시를 하고 돌아가시니 이제는 그들의 죽음을 너무 안타깝게도 슬프게도 여기지 않는 경지가 되었다. 이렇게라도 자기 합리화와 위로를 공포에 떠는 나에게 보내는 아침이 이젠 익숙하다.

한번은 매일 아침, 야생 고양이들의 밥그릇이 너무 깨끗이 비워져 있어 고놈들, 밤에 또 와서 싹싹 먹고 가는구먼, 이라고만 생각했다가 어느 날 앞집의 풀어놓은 바둑이가 밤마다 와서 고양이들이 남긴 것을 몰래 먹고 가는 것을 뒤늦게 알게 되었다. 하…… 이놈 저놈, 치열한 밤 활동들 하느라 고생들이 많다. 저…… 그나저나 앞집 할머니, 바둑이 밥 좀 넉넉히 주

기지개 Stretching cat, 2018, acrylic on canvas, 37.9×45.5cm.

시면 안 될까요? 개밥까지 챙겨주기엔 제가 허리가 휩니다요.

파충류

"으악! 이건 뭐지?"

부엌문을 열자 도마뱀이 날 쳐다본다. 도마뱀이 다 있구나. 처음엔 약간 무서웠으나 일단 크기가 그다지 크지 않았고, 눈싸움 끝에…… 음…… 착한 놈인 거 같다는 결론을 내렸다. 도마뱀은 내가 잽싸게 집으로 들어가 카메라를 들고 나올 때까지 한참 동안 고정 자세 그대로 있어서 사진 촬영에 성공했다. 그러고도 한참을 눈싸움을 하고 있는데 녀석, 콧구멍이 상당히 크다. 부담스럽다.

나는 아무래도 털이 북실북실한 동물이 좋다. 포유류들이 대개가 털을 가지고 있는데 그중에 인간이 가장 털이 없는 것도 같다. 그래서 옷을 주워 입겠지. 그런고로 뭐 가장 가깝지 않게 느끼는 동물이 이 털이 없고 미끈하고 차가운 비늘을 가진 파충류이겠다. 바로 '뱀'이 파충류잖아!

도시에서 살 때는 동물원에서 말고는 본 적이 없는 뱀을 몇 번 보게 되었다. 어느 산책길, 길섶에 뭔가 서늘한 느낌이 들어 돌아보니 바로 뱀이 나를 쳐다보고 있었다. 으아! 역시 뱀은 왠지 서늘하구나! 나의 정원 밭으로 향하는 돌계단에 내려섰다가 앗! 뱀이다! 하고 외칠 겨를 없이 나보다 앞서 스르르 하고 풀숲으로 사라지는 초록색 뱀도 보았다.

시골에 살면 뱀에 대한 이야기를 많이 듣게 된다. 실지로 뱀이 많이 살기 때문이다. 산과 들, 그리고 물이 있는 곳, 바로 그곳에 뱀이 산다. 뭐야. 우리나라 시골은 다 그렇잖아! 그러니 뱀이 많이 살고 있는 것은 당연한 일. 그렇지만 그 어떤 것보다 뱀은 인간과는 친해지기 힘든 동물로 보인다. 뱀을 좋아하는 사람은 매우 소수다. 반면에 고양이나 개를 좋아하는 사람은 세상에 얼마나 많은가 말이다. 그렇게 보자면 뱀은 정말 인간에게는 소외받는 동물이다. 인간이 나약한 존재임을 알게 해주는 무기를 장착하고 있는 동물이 있다면 바로 벌과 뱀이다. 그래서 시골살이에서 벌과 뱀은 항상 조심해야 하고 특히 뱀은 피해야 한다. 그들은 건드리지 않으면 피해를 입히지는 않지만 의도치 않게 그들을 방해하거나 건드렸을 때 공격하는 것이라 항상 주변을 경계해야 한다. 뱀이 출몰하는 봄에서 가을 전까지는 언제나 정원에서 발등을 덮는 장화를 착용할 것이라는 매우 중요한 지침을 명심하게 되었다. 동면 직전에 뱀은 가장 사나우니 조심해야 한다고. 뱀은 잠자러 들어가기 전에 엄청 예민해지나보다.

어느 날, 또 부엌문(나의 집은 부엌문을 열고 나가면 곧장 밭으로 향하는 계단이 있다. 텃밭을 잘 활용해보려고 일부러 그렇게 문을 달았다. 그리고 텃밭 북쪽엔 거의 야생 수준의 정리되지 않은 작은 야산이 붙어 있고 그 아래로 작은 개울이 흐른다)을 열자 돌담에서 뭔가 툭 하고 떨어지는 소리가 들렸다. 헉. 뱀이었다. 뱀이 놀라 돌담에서 떨어진 모양인데 이 녀석아, 내가 더 놀랐다. 그 녀석은 길이가 50~60센티미터 정도 되어 보였고 회색빛을 떠었다. 삼각형 모양의 얼굴을 빳빳이 들고 나를 쳐다보았다. (들은 애기에 의하면 사람과 마주쳤을 때 고개를 빳빳이 들고 피하지 않으면 독사이고, 인기척을 피해서 먼저 스르르 사라지면 독이 없는 뱀이라고 한다. 우리나라의 산천에서 사는 독사는 대개 길이가 짧고 머리가 삼각형! 이라고. 게다가 회색 같은 화려하지 않은 색을 떤다고 한다.) 그 뱀과 나 사이의 거리는 불과 2미터 정도밖에 안 되었다. 나의 존재를 알고도 피하지 않는 걸 보니 그 뱀은 독사인 게 틀림이 없었다. 부엌문 밖으로 나서지 못하고 손잡이를 잡고 있는 나의 손은 순간 식은땀으로 덜덜 떨렸는데 나는 보려던 볼일을 포기하고 그대로 문을 닫았다. 한참 후에 다시 부엌문을 열어보니 뱀은 사라지고 없었다.

나와 비슷한 시기에 다른 지역이지만 귀촌을 한 친구가 귀촌 초기에 자신의 정원에서 뱀에 물린 적이 있었다. 그녀를 병문안 갔었는데(무려 일주일이나 입원했으므로) 깜짝 놀랐다. 발등에 물렸다고 하는데 발 전체가

그리고 뭔가 부드러운 것 And something soft, 2015, acrylic on paper, 25×19cm.

거인 발처럼 팅팅 부어 있었고 색깔이 거의 흑보랏빛으로 변해 있었다. 그나마도 초기에 병원으로 잽싸게 달려와서 처치를 해서 다행이었다고. 뱀독이 생각보다 훨씬 인간에겐 위험한 거라는 걸 알게 되었다. 그녀는 나보다도 더 동물애호가라면 애호가이다. 개 두 마리, 고양이 두 마리와 함께 살고 있고 실내로 들어온 어떤 벌레도 죽이지 않고 밖으로 내보내려 노력하는 사람이다. 그녀는 자신의 집으로 들어가는 진입로에 있는 커다란 조경석 틈에 뱀이 살고 있다는 것을 알고 있었다고 했다. 그래도 뱀도 같이 잘 살아야 했다고. 그러다 어느 날 어두워진 저녁에 발등이 보이는 슬리퍼를 신고 집에서 나오다가 뱀에게 물렸다. 아마도 밖으로 나온 뱀을 보지 못하고 건드렸나보다. 순간적으로 뱀에 물렸다는 것을 바로 깨달은 것은 이미 며칠 전에 그녀의 개 한 마리가 뱀에 물려 턱밑이 커다랗게 부풀어오르게 된 일이 있었기 때문이다. 동물병원에서 다행히 개는 뱀독에 그다지 취약하지 않다는 것을 알게 되었다. 그렇지만 개와는 달리 뱀독이 인간에게는 상당히 치명적일 수 있다. 그녀의 개 덕분에 그녀는 어두워서 보이지 않았지만 뱀에게 물렸다는 판단을 즉시 할 수 있었고, 잽싸게 가까운 병원으로 이동해 다행히 재빠른 처치를 받았다. 그녀가 뱀에 물렸다는 소식을 들은 그녀의 아버지는 냉큼 달려오셔서는 그러게, 왜 뱀을 진작 없애라니까, 같이 사네 어쩌네 하면서 그러더니 아주…… 꼴좋다, 그러셨단다. 그러고는 그녀가 입원해 있는 사이 그녀의 정원에서 뱀을 찾아내서는 감히 내 딸을 건드려?! 이 나쁜 놈, 분노를 내뿜으며 그 뱀을 처리하셨다고 한다. 그럼에도 그녀는 오히려 뱀을 죽인 아버지를 나무랐다고. 뱀도 같이 살아야지. 어찌 다 없애겠어요. 그리고 그날 뱀이 나를 문 것은 며칠 내내 그녀의 개가 뱀을 향해 짖어대는 바람에 뱀이 약이 오를 대로 올라 있었기 때문이라고 이미 이 세상에서 사라진 뱀을 변호하고 있는 그녀를 보니…… 참 뱀님까지 품으려 하다니…… 대단하다는 생각이 들기도 했다. 도저히 나는 아직 파충류는 익숙해지지 않는데 말이다.

지렁이와 두더지

좋아해. 지렁이를 좋아해. 좋아하기로 해. 내가 낸 그림책 『좋아해』(2017)에서 주인공 소년은 땅속을 파다가 지렁이를 만나서 환한 얼굴로 좋아해, 라고 외친다. 그 소년의 모습은 사실 나의 모습에 다름아니다. 지렁이는 그 단순한 생김 때문에 오히려 징그럽게 여겨진다. 하지만 지렁이를 자주 만나고 그들을 관찰해보면 더이상 징그럽다는 생각이 들지 않는다. 지렁이가 흙을 맑게 정화해줘서 밭이나 정원을 꾸리는 인간에게 도움이 된다는 측면에서 굳이 좋게 보는 것만은 아니다. 지렁이를 가만히 보고 있으면 마치 현자같이 느껴진다. 아마도 말이 없는 그 고요함 때문이리라.

꽃밭을 손질하고 있는데 한 귀퉁이 흙이 울렁불렁거려서 헉. 저거 뭐지? 하고 봤더니 흙속에서 적어도 15센티미터는 넘어 보이는 핑크색 거대 지렁이가 튀어올라왔다. 오…… 하지만 이 지렁이가 만들어낸 움직임이라고 보기엔 흙의 울렁거림의 파장은 커 보였는데 아니나다를까 지렁이를 쫓아서 올라온 녀석이 있었다. 다름아닌 두더지였다. 두더지의 지렁이 추격전이 벌어지고 있는 현장이었다. 아…… 두더지가 지렁이를 먹는 모양이구나. 어쩌나. 결국 지렁이는 두더지와 함께 다시 땅속으로, 아마도 두더지의 뱃속으로 사라졌을 것이다.

그렇다고 지렁이에게는 공포의 대상일 이 두더지들도 이곳에서 별반 좋은 상황은 아니다. 사실 나의 정원에서 사체 처리해야 하는 동물 중 가장 수가 많은 동물이 바로 이 두더지다. 두더지들의 천적은 족제비나 오소리라고 하는데 나의 정원에서 두더지들의 공포의 대상은 야생 고양이들이다. 그런데 이 고양이들이 두더지를 잡아서 데리고 놀다가 죽으면 내동댕이쳐놓고는 잘 먹지 않는다. 왜 안 먹을까? 다른 것들, 일테면 쥐, 새, 다람쥐 심지어 나비를 비롯한 각종 곤충은 다 잘 먹는 거 같은데 말이다. 두더지는 언뜻 보기에 주둥이나 발모양도 그렇지만, 밀도가 높게 보이는 검은 살가죽이 왠지 질길 것만 같긴 하다. (어머나니! 내가 무슨 상상을.) 암튼 죽어서도 보시를 못하는 두더지님들께 안타까운 마음을 전한다.

밭을 꾸리고 사는 근처 농부들이 좋아하지 않는 동물로는 쥐뿐만이 아니라 이 두더지도 한몫을 한다. 두더지가 땅속에 굴을 파면서 지내기 때문에 심어놓은 작물들이 피해를 본다고 한다. 그나마도 야생 고양이들이 두더지를 잡는다는 것을 알고 나서 야생 고양이들을 마냥 싫어라 하는 농부들도 그 태도가 조금 바뀐 구석이 있다.

베리 그린very green 40, 2016, acrylic on paper, 28×38cm.

그나저나 두더지가 지렁이를 쫓는 모습은 생각보다 생동감이 넘쳐서 깜짝 놀랐다. 두더지님, 보기보다 빠르십니다요.

여름의 끝

지붕에서 내려오는 빗물받이 끝에 커다란 물통을 가져다놓았다. 빗물을 모아 화초나 나무에게 물을 주려는 용도에서이다. 영국의 어느 지역, 친환경적으로 살고 있다던 시골 한 가정에서 하던 일을 텔레비전에서 보고 본받은 것이다.

얼마 전에 그 물통에 다람쥐 시체가 떠 있었다. 처음에는 얼핏 보고 쥐인 줄 알았다. 묻어주려고 건지다보니 줄무늬가 보였고, 통실한 꼬리가 엉덩이에 붙어 있었다. 아마도 어쩌면 며칠 전에 그 주변을 뛰어다니다가 잠시 멈춰서 뒤돌아 나를 쳐다보던, 나랑 눈이 마주친 놈일지도 모른다. 어쩌다가 익사를 하게 되었을까. 생각해보았다. 명색이 다람쥐인데……살던 곳과 가까운 곳이라고 생각되는 그 근처 화단에 땅을 파고 묻어주었다. 다람쥐를 묻고 나서 나는 화가 나서 물통을 발로 까서 물을 다 비워버

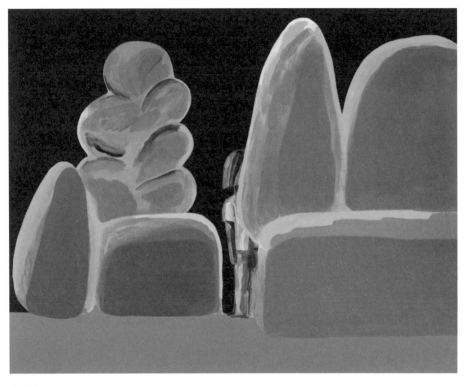

정원에서 In the garden, 2014, acrylic on canvas, 112.1×145.5cm.

리고 에잇…… 친환경 따위가 다 뭐야! 라며 씩씩거렸다. 차분해지지 않았다. 두렵고, 쓸쓸하고, 우울해졌다. 죽음을 두려워하지 않기로 하는 마음은 매번 이렇게 무너진다. 그렇지만 생각보다 다람쥐의 사체는 처참하지 않았고(아마도 이른 발견이었을 것이다), 그리고 그의 모습은 그다지 괴롭거나 슬퍼 보이지 않았다. 다람쥐는 그런 존재인 거 같았다. 죽음까지도 아름답고 귀여운 존재. 처음에 쥐였을 거라고 생각했을 때는 이 상황을 어찌 해결해야 되나 하며 사실 멈칫했었다. 하지만 다람쥐임을 안 순간 그나마 휴…… 다행이라는 생각이 들었던 것을 시인해야만 한다. 쥐에게 미안하지만 쥐와 다람쥐 사이에는 매우 커다란 건널 수 없는 바다가 존재한다.

　햇살이 바람을 담고 초록색이 갈색과 혼색이 되기 시작할 무렵 보았다. 사마귀가 사마귀를 먹고 있는 것을. 먹는 사마귀는 나뭇잎색 연두색, 먹히고 있는 사마귀는 낙엽색 갈색이다. 마치 그 둘은 여름과 가을의 색과도 같다. 양손으로 사랑하는 사람을 안고 있는 듯한 포즈로 머리부터 차근히 먹어나간다. 이미 머리가 없는 먹히는 놈의 발이 문득 까닥하고 움찔한다. 먹고 있는 사마귀가 고개를 돌려 나를 바라본다. 그와 눈이 마주친 순간, 이 모습을 지켜보고 있는 나 자신을 원경에서 발견한다. 원경에 놓인 나는 두 마리 사마귀의 삶과 죽음과 본능의 한 순간을 염탐하고 있다.
　나는 종종 인류의 과제, 생활하는 자인지 말하는 자인지, 혹은 정말 실

존하는 자인지 멍하게 생각해보곤 한다. 삶을 즐긴다, 라고들 표현하곤 하
는데 정말 즐긴다는 것은 무엇일까? 어느 시인, 시구가 너무 다 착해서 모
두가 사랑하는 그의 한 시구가 귀에서 가슴으로 흐르듯이…… 바람을 타
고 들려온다.

"별을 노래하는 마음으로 모든 죽어가는 것을 사랑해야지."

여름이 끝났다.

실내 고양이

어떤 분이 내게 궁금했다는 듯이 질문을 하셨다.

"이렇게 집밖에 나와 있으면 그동안 집안의 고양이들은 갇혀 있는 거예요?"

이런 질문은 낯설지 않다. 그리고 이런 비슷한 형태의 질문을 하는 사람들은 대체적으로 비애묘인, 비애견인(그들의 표현대로)인 경우가 많다. 그러니까 잘 몰라서 일어나는 일이니 기분이 좋진 않지만 잘 설명을 해줘야 한다.

"왜 갇혀 있다는 표현을 굳이 쓰시지요? 그리고 제가 밖에 안 나와 있어도 그들은 집안에 있어요."

"예? 아니 왜? 그럼 걔네들은 하루종일 하는 일이 잠자기, 먹기…… 참 심심하겠네요."

"……"

잠시 그에게 친절하게 좀더 이야기를 해줄까 말까 망설였지만 역시 잘 몰라서 그러는 것이려니 하고 설명을 해주기로 했다.

"그들은 사색도 합니다."

"예? 말도 안 돼요……"(약간 비웃음)

"왜요? 그럴 수도 있지 않겠어요. 저도 정확히는 모르지만 말이죠."

물론 나는 농기를 섞어서 이야기를 한 것이다. 그렇지만 정말 사실일 수도 있는데 그렇게 생각해보지 않는 대체적인 사람들의 꽉 막힌 그 휴머니즘적, 그러니까 인간 중심적 이데올로기는 뭐 어쩔 수 없는 일이다.

"제가 이곳, 한적한 전원으로 이사를 오기 전부터 꿈꾸던 것이 있어요. 그런 곳에서 살게 되면 고양이를 자유롭게 밖에 풀어놓고 그들이 뛰어노는 것을 보며 아름답게 살리라고요. 도시의, 실내의 갑갑한 공간 안에서 사는 고양이들을 바라봐야만 했던 심정이 저 역시 그리 좋은 것은 아니에요. 하지만 막상 이곳으로 오고 나서도 그렇게 할 수 없는 것은 밖에도 야생 고양이가 존재하고 있고, 그들의 삶과 실내 고양이들의 삶이 겹쳐지기 때문이에요. 그들의 세계를 이해하지 못했던 거죠. 실내 고양이, 애완묘로 오래 살아온 고양이들은 야생 고양이들과 겹쳐진 삶을 잘 살수가 없다는 것을요. 그래서 어쩔 수 없지만 그들은 이곳에 와서도 실내고양이로 살 수밖에 없게 되었네요. 뭐 어디까지나 저의 상황이고 저의 판단이지만요."

쿠마Kuma, 2017, acrylic on canvas, 53×45.5cm.

그는 나의 의외의 진지한 태도에 눈이 동그래졌다. 재미없지만 나는 말을 이어갔다.

"밖의 야생 고양이들이 자유롭게 사는 것처럼 보이지만 그들은 척박한 삶을 살고 있죠. 그들의 수명은 실내 고양이들에 비해 엄청 짧습니다. 생존을 위협하는 많은 것들과 사투하며 살죠. 야생인 그들 스스로 영역과 개체수를 조절하며 살고 있어요. 그러니까 그들의 룰이 있는 것이죠. 거기에 비하면 사람과 함께 사는 실내 고양이들은 다른 룰이 겹쳐지기 때문에 다른 문제가 생겨나요. 저희 집 실내 고양이들은 밖의 야생 고양이들의 행동을 항상 주시하고 있고 경계하고 있어요. 게다가 저희 집 고양이들은 대체적으로 10세가 넘었어요. 실버타운이라니까요. 그들 서로 상대의 삶에 대해 바라보기하고 있죠. 어느 쪽의 삶이 더 나은지는 누가 알겠어요."

그는 그제야 고개를 끄덕인다. 그리고 깜박 잊었다는 듯이 질문을 한다.

"근데 고양이가 10살이 넘었다고요? 고양이가 그렇게 오래 살아요?"

"네. 고양이나 개나 비슷해요. 반려동물로 사는 개, 고양이들은 보통 15~20세까지 살아요."

아직도 사람과 친근한 개, 고양이의 평균 수명이 어느 정도인지 모르는 사람들이 많다. 물론 관심이 없어서일 테고 다 알 필요도 없다. 그들에게 개나 고양이나 소나 돼지나 닭이나 밖에 놓인 나무 한 그루나 뭐가 다를까 싶다.

애묘인, 애견인이란 표현을 쓰면서 특별한 사람 취급을 받는 것은 꽤나 불편하다. 무언가를 사랑할지 말지는 각자 알아서 하는 일이다. 사랑의 방식 역시 마찬가지이다. 그들이 관심이 없다는 것, 그것은 괜찮다. 그저 사람이 뭐에든 우선이라는 식의 생각이 난 별로다. 그들(동물이건 식물이건)은 사람을 위해서만 존재하는 것은 아니다.

여자와 고양이 Woman with cat **시리즈**, 2017, acrylic on canvas, 130.3×97cm 4p.

6개의 문 6door, 2013, acrylic on paper, 25×19cm.

개

마을 둑길을 자전거로 라이딩을 하던 중, 아마도 식용 개를 기르는 것으로 추정되는 개 사육장 근처를 지나게 되었다. 늘 다니던 길인데 평소에 볼 수 없었던 것은 길 쪽에서는 보이지 않게 검은색 천막 같은 것으로 막아놨었기 때문인데 그날따라 천막이 흘러내려 한쪽 면이 보였다. 한적한 시골에 산 지 꽤 되었는데 사람의 발길이 뜸한 곳곳에 개 사육장이 있곤 했다. 우연히 가다가 발견하게 되는 개 사육장들에서는 악취와 함께 구슬픈 개들의 울부짖음이 흘러나온다.

우리나라처럼 개의 팔자가 다양한 나라도 드물 것이다. 이런 외진 사육장에서 태어나 작은 철망 안에서 식용으로 길러져 단 한번도 땅을 디뎌보지 못했을 그런 개가 있는가 하면 예쁜 리본 핀에 레이스 달린 옷과 신발을 장착하고 꽃이 만발한 공원 산책길을 나서는 주인으로부터 사랑을 듬뿍 받는 개도 있다. 늙고 병들었다는 이유로 평생 가보지 않은 낯선 산꼭대기나 해변에 버려지는 개가 있는가 하면 길에서 비명횡사 직전 누군가에게 발견되어 치료받고 늙어 죽을 때까지 보살핌을 받는 개도 있다.

대체로 이런 시골에서 만나게 되는 개들은 주인집 밖의 자신의 작은 집 앞에 짧은 끈으로 묶여 지내는 경우가 많다. 집지킴 역할을 하는 개들 말이다. 그들은 주인을 섬기고 주인이 밥을 가져다주는 시간만을 기다린다. 자신에게 용인된 목줄의 범위 내에서의 삶을 묵묵히 살아낸다.

태국의 한 시골 마을에서 사람이 없는 조용한 사원들의 흔적을 찾아나서는 길에 개들을 만난 적이 있었다. 그 개들은…… 웃고 있었다. 소리를 내지는 않았지만 하하하, 까르르르, 진짜 이렇게 웃고 있는 것처럼 느껴졌다. 낯선 사람에게도 친근하게 다가왔다. 꼬리를 흔들며 뭐라고 하는데 어쩐지 뭐라고 하는지 알아들을 수 있을 것만 같았다. 네가 나를 평가할 필요는 없어. 우리를 불쌍하게 여길 필요도 없어. 우리 꽤 잘 살고 있어. 너나 잘하세요라고. 눈빛이 사람 같았다. 그곳의 개들은 모두 자유롭게 돌아다녔다. 주인이 있는지 없는지 알 수가 없었다. 그냥 살고 있는 것처럼 보였다. 행복해 보였는데, 너무 벌거벗고 있는 것 같기도 하여 괜히 내가 부끄러운 감정이 들기도 했다. 자연스러운 상태라는 것은 어쩌면 이런 걸까 하는 생각을 해보게 되었다. 숨김이 없는 삶, 사회화된 인간은 그렇게 살지 못하겠지…… 여러 감정이 들게 만들었다. 애들아, 나 너희 줄 먹을 거 없어. 더이상 치대지 마라 하기가 무섭게 그들은 흥, 별 볼일 없구먼 하고 자신들의 갈 길을 총총총, 신나는 뒷모습을 남기고 갔다.

천막이 내려져 있는 바람에 나도 모르게 (쳐다보기 싫었지만) 바라보게 된 그 개 사육장에서 개 짖는 소리는 들리지 않았다. 주둥이가 검은 도사견들이 꽤 여러 마리 철창 안에 켜켜이 있었다. 그중 한 철창 안에 커다란 도사견 한 마리가 태어난 지 얼마 안 되어 보이는 새끼들을 주렁주렁 매달고 있었다. 새끼들은 가열차게 어미젖을 빨고 있었다. 순간 저 멀리서도 새끼들의 표정이 클로즈업되어 보였다. 젖을 빠는 그 얼굴, 천진한 아기의 얼굴이었다. 자전거 페달을 밟으며 집으로 오는 길, 그 아기들의 얼굴이 자꾸 떠올라 괜히 눈물이 흘렀다.

신비스러운 존재

    이 지구에서 힘이 센 동물들(먹이사슬에서 상위에 놓인)은 인간들이 다 죽여 없앴다. 그리고 그 하위에 놓인 동물들은 모두 인간이 잡아먹는다. 인간을 위해 가축이 된 동물들(가축이 처음부터 가축이었을 리는 없지 않은가)은 원래 얼마나 순하고 착한, 그리고 나약한 동물이었을까. 아, 인간이란 얼마나 끈질기고 강한 동물인가!

    한참 전에 다녀온 스코틀랜드의 북부 지역, 하이랜드의 원초적으로 보이는 풍경 속에서 문득 든 생각이었다. 그때 바라본 풍경은 이러했다. 끝없이 펼쳐진 황야의 끝에 융기한 산이라고 하기엔 낮은 언덕이 있었다. 그곳엔 커다란 나무는 거의 없고 낮은 관목과 적은 종류의 풀들이 바람에 날리고 있었다. 산과 땅이 만나는 지점이 벗겨진 몸뚱이처럼 잘 드러나 보이는 그런 곳이었다. 그 풍경 속엔 그곳을 관통하는 강물, 혹은 바닷물이 흘렀다. 그곳에서 소, 말, 양 등의 가축과 백조, 오리, 까마귀 등의 조류 등을 만났다. 가끔 야생 토끼가 발견되기도 했고, 다람쥐도 보았지만 보통 야생동물이라 불리는 다른 동물들은 만나기 힘들었다. 사람과 집이 드물게 놓인 그곳에서 나는 문득 궁금했다.

그들은 어디에 있는가? 그들은 아마도 인간이 없는 아주 깊고 척박한 곳으로 밀려났거나 인간이 만든 우리(짐승을 가두어 기르는 곳) 안에만 있다. 그들은 우리 인간에게 대체적으로 적대적이므로 인간과 먼 곳에서 살게 되었다. 이 지구는 인간이 접수한 지 오래되었다. 인간이 살기 힘든 척박한 지역, 즉 오지라 불리는 곳도 점점 그 범위가 줄어들고 있다. 이제 인간이 무서워하는 그러니까 위협적이라 여기는 동물은 그 수와 종이 그리 많지 않다. 그들은 인간과 먹이사슬의 동일선상에 위치한 관계로 서로 만나는 일이 점점 적어지게 된 것이다. 어쩌면 인간들이 말하듯 인간이란 종이 먹이사슬의 맨 위, 종결자일 것이다. 인간들은 그들을 사냥을 해서 먹기도 하고, 먹지 않더라도 위협적이라는 이유로 발견 즉시 죽이기도 한다. 가죽을 벗겨 옷이나 가방, 신발 등을 만들기도 하며 그들의 털과 뼈를 이용하여 갖은 도구와 장신구들을 만들어서 사용하고 있다. 심지어 그들을 우리에 가두고 혈액, 쓸개즙, 오일 등을 채취해서 두고두고 먹거나 사용한다. 인간이 지구의 모든 곳을 샅샅이 정복한 듯이 보이기도 한다.

이제 우리는 호랑이, 사자, 곰, 여우, 늑대 등을 동물원이나 동화책에서 만난다. 머지 않은 어느 날 그들은 우리에게 용, 이무기, 해태 등처럼 신화나 전설 속에 등장하는 이 세상의 것이 아닌 신비스러운 존재가 될지도 모른다.

기지개Stretching, 2018, acrylic on canvas, 40.9×53cm.

위로

눈이 펑펑 내리는 아침 언 땅을 곡괭이로 파고 아기 고양이를 묻었다. 이런 슬픔은 언제까지일까. 아마 지속되는 슬픔이겠지. 야생 고양이들에게 밥을 주고 적당한 거처를 만들어주는 것까지만 하겠다고 생각한 지 오래되었다. 그들과 눈으로 인사하고 밥을 주고 안부를 묻는다. 그들은 항상 의연한 듯 보인다. 주저하지 않고 세상을 향해 뛰어든다. 버티고 살아낸다. 그리고 죽음조차 아무렇지도 않게 받아들인다. 슬픔은 인간만의 몫인 것일까. 그들의 얼굴을 가만히 들여다보면 또 그것만은 아닌 것도 같다. 비단 고양이뿐이 아니긴 하다. 자연과 가까운 곳에 터를 잡고 살다보니 많은 생명체들의 삶과 죽음을 엿볼 수밖에 없다. 태어나고 살아내고 죽는다. 하지만 너무 이른 죽음은 안타깝다. 내가 그들을 다 살려낼 수도 없고 책임질 수도 없다는 것을 깨닫는 것, 그 무기력함을 느끼는 것이 나의 슬품의 요체이기도 하다. 아무리 나는 별 볼 일 없는 존재라고 되뇌어도 작아지지 않는 슬픔이다.

경기도의 국도를 자동차로 운전을 하다가 보면 일명 로드킬로 죽은 많은 동물들과 만나게 된다. 이것은 어느덧 일상이 되어버렸다. 잠시 눈을 질끈 감는다. 그러곤 다시 밝고 건강하리라 믿어 의심치 않는 일상으로, 뒤가 아닌 앞으로 달려간다.

오래전에 미국에 있었을 때의 일이다. 미국인 친구 A와 나는 길을 걷고 있었다. 그러다가 길옆에 사고로 죽은 듯 보이는 고양이 사체를 만나게 되었다. 친구 A는 잠시 걸음을 주춤하더니 이내 얼굴을 일그러뜨리며 결국 참을 수 없다는 듯 길에 주저앉았다. 눈물을 쏟아냈다. 나는 순간 당황했지만, 곧 잠시 멈춰 서서 아무 말 없이 그녀를 기다려주었다.

잠시 머물렀던 미국의 도로에서도 로드킬로 죽은 동물들을 여러 번 만날 수 있었다. 그래서 나는 친구 A도 그것이 일상이 되었으리라 짐작했다. 하지만 그때, 나와 함께 있었음에도 참지 못한 그녀의 과민한 반응, 로드킬로 죽은 고양이에 대한 반응은 그녀에게 개인적 사정이 있기 때문이었다. 내게도 가끔 사진을 보내줘서 알고 있었던 친구 A의 오래된 아름다운 반려 고양이가 그녀의 집 앞 도로에서 자동차 사고로 죽었던 것이다.

조금 시간이 지난 후 친구 A는 다시 자리를 털고 일어나 걸음을 내디뎠

처음부터 자신을 위한 일이 아니었을지도 모른다. From the beginning, it was probably never meant for me., 2012, acrylic on paper, 25×19cm.

고, 우리는 걸으면서 우리가 조금 전에 만난 상황에 대해 아무런 이야기도 나누지 않았다. 나는 조용히 입을 다물고 있는 것이 그녀를 위로해주는 것이라 생각했다. 붉은색 벽돌의 보도블록을 내려다보며 그저 걷기만 했다.

나의 반려 고양이 중 하나가 죽었을 때 한 친구가 곁에 있어준 적이 있었다. 그녀는 너무 나를 걱정하였는데 그 지나침이 내게 부담이 되었다. 나는 혼자서 나의 것인 슬픔을 감당하고 싶었지만 그녀는 그렇게 내버려두지 않았다. 그녀의 위로 방식이 나의 방식과 차이가 있었던 것이리라.

다른 한 친구가 내게 해준 이야기가 아직도 귓가에 남아 있다. 사람마다 힘들어서 쓰러지는 포인트가 다 다르다고. 그래서 교집합이 있어야 하겠지만, 나의 포인트와 상대의 포인트가 동일하다고 말하기는 어려운 것이라 그 다름을 깨달을 때 관계의 틈이 생긴다고. 사연을 알게 될 만큼 서로가 친해지면 아마도 이해하기가 쉬워지고 그 교집합의 범위가 넓어지기도 할 것이다. 하지만 그렇지 못할 때는 상대의 포인트를 어찌 간파할 수 있을까. 각자의 다른 사연을 친밀하게 느끼는 것이 친하다는 말일지도 모른다.

어느 날 아침, 나는 문득 친밀하게 느끼지 못해 저질렀던 일들에 대해,

그래서 섭섭함을 느꼈을 여러 친구들에게 미안한 마음이 가득하다. 그리고 외로운 기분이 든다. 위로가 필요한 우리들에겐 늘 외로운 마음이 항상 더 가깝다. 좀 쓸쓸하지만 위로라는 건 어떤 찰나, 한 줄의 문장, 혹은 많지 않은 몇 컷의 이미지일 것이기 때문이다. 왜냐하면 그 이상은 위로가 되지 않기 때문이다. 자신의 철벅철벅한 삶으로 다시 돌아가야 하기 때문이다. 특히 타인이 주는 위로라는 건 그와 내가 주고받은 대화 속에서 서로의 상태의 일치가 일어날 때 또는 허황되게도 일치가 일어났다고 상상에 빠졌을 때만 가능할 뿐이다. 어쩌면 위로라는 감정 혹은 행위는 일상에 속해 있는 것이 아닐지도 모르겠다. 잊고 있다가 아주 가끔 창문을 열면 만나는 저쪽 세계에 속하는 시원한 바람 같은 위로와 함께 일상은 냉정하거나 권태롭게 천천히 척척척 레일 위를 그저 달려간다. 그 창문은 조금 있다가 다시 닫아야 한다.

이별

이곳에 사는 10여 년 동안 나의 반려 고양이 6마리 중 5마리를 떠나보냈다. 글을 쓰는 지금 내겐 셍싱이 혼자 남겨졌다. 뚤뚤이, 부르, 후추, 봉봉, 시로. 그들과의 이별의 순간들을 기록해놓는다.

오늘도 나는 소님에게 감사를 드린다. 뚤뚤이가 아프기 시작하면서 신선한 생소고기를 사다가 먹이곤 하는데 그때마다 그 소의 붉은 생살을 보면서 항상 드는 생각이다. 세상의 수많은 다양한 소고기 요리를 먹는 사람들과 심지어 나이든 아픈 고양이 한 마리의 삶의 영위에 도움이 되어주시는 이름 모를 소님께 말이다.

뚤뚤이는 병원에서 안락사 권유를 받았다. 아침에 소화불량일까 해서 상태가 안 좋아 보이는 뚤뚤이를 데리고 나섰는데 장작 병원을 세 군데나

거쳐 마지막 병원에서 받은 진단은 오늘내일 죽을 것이다, 였다. 충격에 휩싸여 내가 오열을 하자, 그 병원 의사가 안락사 이야기를 꺼낸 것이다. 하지만 여러 지인들의 충고를 듣고 똘똘이를 집으로 데리고 왔다. 이후 똘똘이는 나의 보살핌 속에 아픈 몸으로 죽지 않고 5년을 더 살아내었다. 나중에 그 병원 의사가 아직도 그 고양이가 살아 있냐며 이건 기적이라고까지 얘기했다. 당시 자신의 검사 기록에 의하면 거의 사망 상태였다는 거였다.

똘똘이는 2014년 8월 6일 비 오는 수요일 오후, 16세의 나이로 하늘 나라로 갔다.

고양이들과 나는 모두 아침밥을 잘 챙겨 먹고 하루를 시작하고 있었다. 오전 10시경이 되어 침실로 들어갔는데 창문으로 양껏 들어오는 햇살을 받으며 침대 옆 카펫 위에 부르가 누워 있었다. 누워 있는 폼이 이상해서 안아 올렸더니 몸이 그대로 엿가락처럼 휘어졌다. 바로 병원으로 달려갔지만 이미 사망한 상태라고 의사는 말했고 현실을 받아들이지 못하는 나를 측은하게 바라보며 말했다.

"아직 젊고 예쁜 애인데 참 안됐네요."

"왜…… 왜일까요? 아침에 밥도 잘 먹고 아픈 적도 없었어요."

"혹시 사인을 알고 싶으시면 부검을…… 하지만…… 굳이."

"……"

베이지색Beige, 2015, acrylic on paper, 36×28cm.

"대개 이렇게 급작스럽게 죽는 이유는 심장과 관련된 병 때문이기 쉽습니다만."

집에 돌아온 부르는 아직 젊은 고양이라서일까 몸이 금방 식지를 않았다. 내가 부르, 하고 부르면 다시 일어날 것만 같았다. 갑자기 비가 내렸다. 비가 자작해진 오후, 부르를 매화나무 아래에 묻었다. 그곳은 5년 전 부르의 여동생, 제시카의 옆자리라서 그렇게 했다. 부르는 제시카와 함께 6년 전 아기 고양이로 나의 정원에 나타난 야생 고양이였다. 5년 전 제시카가 1살의 어린 나이에 돌연사로 죽고 나서 집안으로 들인 나의 집 막내였다. 2015년 4월 16일 오전, 6살의 부르는 그렇게 돌연사했다.

후추는 2016년 4월 19일 밤 9시 30분경에 16년의 생을 마감했다. 지난 해에 병원에서 신우염 진단을 받았었는데 다시 재발을 한 거 같다고 의사가 말했다. 병원에 입원을 시키고 집으로 돌아왔는데 입원 하루 만에 위급하다는 전화를 받고 다시 집을 나섰지만 후추의 임종을 지키지 못했다. 급작스러운 사인은 방광의 종양이 원인인 거 같다고 의사는 늘 그렇듯, 정확하지 않게 말했다. 후추는 시로의 아들로 나와 시로와 함께 16년간을 잘 살았다. 커다란 덩치의 고등어무늬 고양이 후추는 뚱뚱했지만 귀여워서 많은 이들의 사랑을 받았다. 후추는 잠자는 듯하다 평안한 얼굴로 자연으로 돌아갔다.

2017년 5월 9일 새벽 3시경, 17세의 봉봉이 곡기를 끊은 지 일주일 만에 하늘 나라로 갔다. 내 품에서 자던 그간 기운이 없어 소리 한번 내지 않던 봉봉은 끙 앓는 소리를 내더니 급기야 숨을 거두었다. 기다리던 죽음이었다. 죽기 1년 전 봉봉은 병원에서 노령으로 인한, 퇴행성 관절염 진단을 받았다. 고칠 수는 없고 편히 늙어갈 수 있도록 도와주는 수밖에 없다고 했다. 처음에 한쪽 뒷다리를 불편해했는데 점차로 뒤쪽 양다리를 다 쓰지 못하게 되었다. 그리고 걷지 못하고 자리보전을 하게 되었고 점차로 말라가더니 결국은 육체를 놓아버렸다. 봉봉은 가고 버릴 수 없어 봉봉이 자주 앉아 있어서 봉봉이 의자라고 이름 붙여준 의자만 남아 있다.

2018년 1월 3일 저녁 7시경 시로는 별이 되었다. 2018년 새해가 되자 시로는 막 21세가 되었는데 스무 해 넘어까지는 벅찬 묘생이었는가보다. 죽기 몇 해 전부터 노령의 시로는 움직임이 없고 나와 눈이 마주쳐도 대체로 피했다. 내가 귀찮게 굴 것을 알기 때문이었다. 나는 시로가 늙는 것도 싫고 너무 조용해진 것도 싫어 일부러 귀찮게 굴었다. 하지만 시로가 그윽한(사실은 짜증내는) 눈빛으로 조용히 있고 싶다고 하면 어쩔 도리가 없었다. 그렇게 조용히 말년을 보낸 시로는 작은데 더 작아진 몸으로 조용히 생을 마감했다.

내가 고양이와 함께 살기 시작한 것은 처음으로 혼자 살게 된 28살 무

소녀와 고양이|Girl with cat, 2017, acrylic on canvas , 60.6×50cm.

렵이다. 어느새 그들과 함께한 지 20여 년이 넘어가고 있다. 그들과 함께 살면서 고양이와 관련된 책도 여러 권 냈고, 고양이 그림도 많이 그려댔다. '고양이 화가'라고 나를 떠올리는 사람들도 많다는 것도 알고 있다. 고양이와 오래도록 함께 살아온 화가의 이력이니 뭐 별다른 토를 달고 싶지는 않다.

그동안 나의 집엔 여러 마리의 고양이들이 있었고, 시간이 흐른 만큼 그들을 하나둘 떠나보내고 있다. 이들과 만난 사연들도 다 제각각이듯 헤어지게 되는 사연도 다 다르다. 확률적으로 그들이 인간인 나보다 빠른 속도의 삶을 산다. 그들도 인간과 마찬가지로 생로병사를 겪는다. 뚤뚤이가 아프기 시작했을 때 처음으로 나는 내가 곧 아프고, 곧 죽을 살아 있는 생명체와 살고 있구나, 라는 체감을 했다. 그때 한 수의사가 이렇게 말해주기도 했다. 당신의 여러 마리 고양이가 하나씩 둘씩 천천히 죽지 않을 수도 있다. 어느 날 갑자기 두 마리, 세 마리가 뭉텅이로 사라질 수도 있으니 마음으로 준비를 하라고 일러주었다. 다행인 건지…… 어쩐 건지 아직까지 한 해에 한 마리씩 이별하고 있는 형국이다. 내가 농담처럼 친구들에게 나의 집은 실버타운이라고 말하곤 했는데 이건 농담이 아니라 사실이 되었고, 잦은 이별의 시간 속에 있다. 반려동물과 함께 살거나 그들과의 이별을 경험해본 사람이라면 알 것이다. 그들과의 이별이 특별히 아픈 건 그 슬픔이 그 누군가와 나눠지지 않는 것 같아서다.

나는 늘 죽음에 대한 생각을 하고 지낸다고 스스로를 탓하기까지 한다. 하지만 사실은 전혀 그렇지 못했던 모양이다. 이별이 익숙해지지 않는다. 아버지의 죽음 앞에서도 당황했고 무서웠다. '나'라고 규정된 것들에 포함된 것들, 나의 가족, 친구, 가까운 사람들, 그리고 반려동물들, 그 외의 여러 가지 것들을 통해서 나란 인간을 확인하곤 한다. 그러다가 어느 날, 가까이의 그 존재들이 사라진다. 이별하게 된다. 나라고 규정된 것에 구멍이 생긴다. 그 상실에 대한 두려움, 그 두려움이 기도를 만들어냈을 것이다. 어쩌면 산다는 것은 그 두려움과의 사투, 일지도 모른다. 그 상실감, 그 여백에 내가 원치도 않았고 내겐 생경한 것, 그리움이 채워진다.

누군가의 말대로 저세상이 더 아름다운 것은 함께했던, 먼저 간 반려동물들이 생사의 다리에서 기다리고 있어서라고. 판타지 같은 이 말이 뽀송하게 우리를 죽음과 이별로부터 위로해준다. 하지만 난 그 다리에서 만나기 전에 뜰뜰이가 이른봄의 호랑나비로, 부르가 하얀 눈으로, 후추가 파란 하늘의 실잠자리로, 봉봉이가 한여름의 화사한 노랑꽃으로 내게 와주었으면 좋겠다.

굿모닝, 시로

'굿모닝, 시로!'

이제 시로는 없는데 나도 모르게 아침에 눈을 뜨면 입이 말하고 있다. 관성이란 이런 것인가. 시로는 아침마다 나의 침상으로 와서는 그 작고 야무진 혀로 나의 이마를 핥아주었다. '어서 일어나! 밥상 차려야지.' 따가운, 그렇지만 다정한 그녀의 혀의 감촉은 나를 더이상 이부자리에 있지 못하게 했다. 벌떡 일어나 그 작은 몸뚱이를 끌어안고 '굿모닝, 시로!' 그렇게 하루를 시작했다.

20대 후반, 대략 1살경인, 시로를 만났다. 나의 첫 고양이였다. 시로는 길 출신이었는데 한 후배가 거두어 함께 지내다가 후배가 집을 자주 비워야 하는 일을 하는 관계로 내게 오게 되었다. 시로와 스무 해를 함께 살았다. 그렇게 살아놓고도 시로의 어린 시절을 보지 못했다는 것이 항상 아쉬운 부분이었다. 어린 아깽이였을 때 얼마나 예뻤을꼬, 하면서.

시로는 야무지게 스무 해를 넘게 살았다. 예쁘게 태어나 사랑도 많이 받고 늘 여러 마리의 고양이와 함께 살았고 연애도 했고 새끼도 24마리나 낳았다. (내가 다 받았다. 그중 두 마리가 똘똘이와 후추였다.) 그리고 평생에 걸쳐 병원은 단 두 번 갔다. 그중 한 번이 중성화 수술 때였다. 튼튼하고 건강하고 고마운 반려동물이었다. 혹자들은 내게 묻곤 한다. 댁네 고양이의 장수 비결이 무엇인가요? 음…… 사람이나 고양이나 장수 비결은 그냥 그렇게 태어난 것이 아닐까 한다. 시로는 암고양이 중에서도 덩치가 작았다. 마치 작고 마른 할머니가 오래 사는 것처럼 그렇게 느껴졌다. 덩치가 작은 시로는 밥도 아주 조금씩 천천히 먹었다. 역시 소식이 비결인가. 그럴지도 모르겠다.

시로는 죽기 전 반년 정도 똥오줌을 가리지 못했다. 사람이나 동물이나 세상을 하직할 때 모두 비슷한가보다. 아침에 일어나면 인사와 동시에 시로의 용변을 찾아 치우는 일로 하루를 시작했다. 막바지에는 자고 있는 나의 머리맡 베개에 용변을 보기도 했다. 늙은 육신을 돌보는 일은 고단하다. 그래도 투정 부리지 않았다. 나의 고양이이니까. 나의 시로니까.

사람보다 삶의 서클이 빠른 고양이와 같은 반려동물과 함께 산다는 것은 그들의 생로병사를 다 지켜보아야만 한다는 의미이다. 그래도 그들이 인간보다 빠른 속도의 삶을 산다는 것은 어쩌면 다행이다. 그들을 남겨놓고 어딘가로 가고 싶지는 않기 때문이다.

시로의 마지막을 지켜볼 때, 그녀와 함께했던 어떤 명징한 순간들이 필름처럼 지나갔다. 죽는 당사자만 그런 게 보이는 게 아닌가보다. 시로는 21세의 삶을 마감했고 나는 더이상은 젊지 않은 40대 후반이 되었다. 그녀가 없는 나머지 일상이 내게 남겨졌다. 시간이 흐르면 다른 고양이 녀석들과 마찬가지로 시로의 자리는, 이미지는 점점 희미해질 것이다. 시로가 없는 아침이…… 곧 익숙해질 것이다. 내가 과연 시로처럼 노년의 삶까지 살게 될지는 미지수이겠지만 시로처럼만 살다 간다면 더할 나위가 없을 거 같기도 하다. 여러모로 부러운 녀석이었다.

나의 삼색 고양이, 나의 포켓 걸, 나의 시로.
나와 함께해주어서 고미웠다, 고 밀해도 만해도 모자라다.
굿모닝, 시로.
언제나.
어디에선가.

VERY
GREEN

4
부

사
람
을

만
나
는

일

사회적 의무 & 맑은 공기 Social obligation & clean air, 2016, acrylic on paper, 25×19cm.

화가라면서요

내가 살고 있는 컨트리사이드, 시골이라고 불릴 만한 이 지역은 매우 작은 사회이고, 특수성이 그다지 인정되지 않는 분위기다. 익명으로 살기 수월한 도시의 삶과는 달리 사람들을 가깝게 만나야 되는 일들을 겪으면서 낯설고 이해 못할 몇몇 상황들이 반복되는데 이곳에서의 시간이 꽤 흘렀지만 아직도 적응이 잘 안 되는 부분들이 있다. 거기에는 나라는 존재가 이 지역사회에서 보기 힘든 캐릭터라는 것이 한몫하기도 할 것이다.

   ─화가라는 것(출퇴근을 안 한다. 집에서 빈둥대는 것처럼 보인다. 화가가 직업인가? 직업으로 보지 않는 사람도 있음).
   ─아직은 대체적으로 젊은 편인(여기선 그렇다) 여성.
   ─혼자 산다.

— 고양이(많은 사람들이 비호감으로 느끼는 동물) 여러 마리를 집구석에 모시고 사는 점.

다른 더 이상한 점들도 있겠지만 대표적으로 이상의 것들만으로도 이곳에선 보기 힘든 종류(어찌 보면 다른 곳에서도 흔하진 않겠지만)의 인간이다보니 관심 어린 시선이 느껴지곤 한다. 기실 그 관심은 부담스럽기 그지없다.

"화가라면서요? 동양화? 서양화?"
또는, 좀더 전문적으로
"유화? 수채화?"
이 정도 질문에는 뭐 대답해줄 수 있다. 그런데 대체 내가 유화를 그리는지 수채화를 그리는지 왜 궁금한 것일까? 사실 내가 주로 쓰는 재료는 아크릴이다. 그러나
"아크릴을 주로 쓰는데요."
라고 말하면 갑자기 질문을 멈추고 다른 곳을 쳐다본다.

"화가라면서요? 우리집에 동양화 족자가 하나 있는데, 비 맞아서 곰팡이가 슬었어요, 그거 좀 고쳐주면 안 될까?"
나의 집은 화실이지 화방이 아닌데 헷갈려 하시는 분도 있다. 집을 짓

는 초기에

"어이~ 화방 잘 짓고 있어요?"

라고 이전 이장님이 와서 묻기도 했다. 팥이라고 얘기해도 콩으로 잘 알아들어야 한다.

"화가라면서요? 풍경화 그리세요? 풍경화 그리기엔 아주 좋은 곳이지."

그러고선 내 그림을 보신 몇몇 분들은 당황스러운 기색을 감추질 못하신다. 사실 이런 일은 몇 번 겪었는데 그분들 기대에 못 미치는 그림이라고 생각하니 무척 죄송스럽다.

"혼자 산다면서요? 대단해요! 하기 요즘은 여자도 능력 있으면 혼자 산아도 되지."

능력 있는 남성이 혼자서 잘 사는 경우를 특히 시골에서는 별로 본 적이 없는데…… 굳이 여자를 들먹인다.

"고양이는 왜 길러? 잉…… 난 고양인 싫더라."

뭐 이 얘긴 무척 많이 들었다.

나는 그들이 나에 대해 아는 것처럼 행동하는 것이 못마땅할 때가 있다. 나 역시 그들에 대해 잘 모른다. 피차 서로의 정보가 부족한 이들끼리의 대화이니 어쩌면 불편함은 당연할 것일까. 서로 좀더 알게 되면 이런 류의 대화는 다른 것으로 옮겨가기도 하니까. 그들이 관심을 표현하는 방식일 거라고 생각하곤 하지만, 그러기에 앞서 그들이 무례하다는 생각도 든다. 물론 그들은 대부분 나보다 연배가 높으신 어른들이시다. 하지만 어르신이라고 해서 그렇게 해서 된다는 법은…… 우리나라에는 있는 것 같지만. 나이든 어른을 배려해서 무례함을 참아야 하는 일들이 꽤 있다. 누군가를 자신이 본 첫인상으로 판단하는 것, 혹은 사전에 들은 몇 가지 정보들로 선입견을 갖고 상대에 대한 태도를 결정하는 것은 상당히 무례한 결과를 낳기 쉽다.

이웃

시골에서의 삶은 이웃이 상당히 중요하다. 물론 도시라고 안 그런 것은 아니겠지만 이곳에서는 조금 더 그러하다. 도시에서 이웃이 마음에 안 들면 안 보면 그만이지만 시골에선 자칫하다가 둘 중 하나가 이사를 가야 한다는 얘기가 있을 정도이다. 내가 처음 탈서울을 해서 시골에 들어가 살던 때, 이웃의 할아버지는 나를 못마땅해하셨다. 다른 것보다 봄여름에 무성히 자라나는 그놈의 풀을 베지 않는다는 이유가 가장 컸다. 나는 이웃의 할아버지가 왜 남의 마당 풀 걱정을 하는지 도무지 이해가 가지 않았다. 마주치면 풀 얘기를 하는 것도 모자라 어느 날 내가 없는 사이에 들어와서 풀을 베어버려 나의 분노를 사기도 했다. 당시의 나는 그들이 말하는 잡초와 화초의 구분을 하지 못했다. 아니 안 했다. 뭐 이것도 예쁘고 저것도 예쁘네. 이런 식이었다. 하지만 지금은 그들을 이해한다. 더해 풀이 무성한 집을 보면 쯧쯧 좀 관리 좀 하지…… 하고 혀를 차는 지경에 이르러 이율배반적인 인간이 되고야 말았다. 대부분 적당한 땅을 소유하고 사는 이곳에서 사람에게는 소유의 경계면이 있는데 풀들에게는 그럴 리 없다. 해서 이웃에서 무성히 풀을 길러대면(풀의 입장에선 스스로 자라는 거지만) 그 바로 옆집 혹은 심하면 그 동네에 풀씨가 날리고 결국은 그 이웃 때문에 일거리가 늘어나게 된다. 대부분의 사람들이 작거나 크게 농사를 짓기 때문에 그런 게으른 이웃이 있다는 것은 곧바로 괴로운 환경을 하나 더 갖게 되는 것이다.

지금 나의 환경은 그런대로 꽤 좋다고 할 수 있는 것이 나의 이웃들은 꽤나 열심히 자신의 땅을 가꾼다. 특히 나의 아래 땅에 사시는 분은 부지런히 밭작물을 가꾸시는데 동네 사람들이 모두 모여 입에 침이 마를 정도로 칭찬을 한다. 아…… 저 양반은 정말 대단해. 서울에서 온 양반이 어쩜 저리 농사를 잘 짓는지 하며 귀촌한 모든 동네 사람들은 그분에게 이것저것 농사 정보를 얻곤 한다. 나 역시 그 이웃에게서 많이 배운다. 심지어 나의 이웃은 친절하시다. 내가 없을 때면 그분에 비하면 터무니없이 소박한 나의 밭작물을 들여다봐주시고 돌봐주시기도 한다. 하루는 그분이 나의 정원에 오셔서 자신이 가꾼 밭을 내려다보며(그분이 아래 땅에 계시므로 나의 땅에서 보면 그분의 밭이 한눈에 들어온다) 뿌듯해하시면서 이렇게 말하신다.

"아…… 아가씨는 좋겠어요. 눈 아래 이렇게 잘 정돈된 풍경이 있어서.

하하하."

(나의 이웃은 오로지 결혼을 안 했다는 이유로 나를 아가씨라고 부르신다. 처음엔 듣기 거북했지만 이젠 익숙해졌다. 뭐 어쩌겠는가. 이놈의 호칭에 대해서는 또 할 얘기가 많다.)

네…… 정말 그렇게 생각해요. 고맙습니다. 예전의 나라면 못 느꼈을 고마움일지도 모른다. 이웃을 잘 만난 덕에 좋은 풍경을 소유할 수 있게 되었다. 우리는 원하지 않아도 모두 유기적으로 연결되어 있다. 누군가에겐 내가 또다른 환경이 될 수 있다. 내가 정원을 예쁘게 가꾸면 이웃이 들여다보고 자신의 집으로 돌아가 정원을 가꾼다. 이웃의 잘 구획된 밭을 보고 돌아와 흠…… 나도 다시 잘해봐야지 한다. 내가 이웃에게 꽃이나 묘목을 나눠드리면 이웃의 정원에 꽃과 나무가 늘어난다. 점점 더 좋은 환경에 내가 살게 되는 것이다.

산과 집 Mountains and house, 2017, acrylic on canvas, 31.8×40.9cm.

이웃의 선물

　이곳에서 가장 친하게 지내는 편인 윗집에 사시는 50대 부부와 술 한 잔을 했다. 이곳에 와서 알게 된 분들이니 참 색다른 인연이란 생각이 들기도 한다. 주종은 내가 담근 매실주와 그분들이 담근 삼지구엽초주였는데 모두 다음날 뒤끝이 없고 몸에 좋은 술이라며 신나하였다. 이젠 술도 몸 걱정하며 마시는 때가 왔나보다.

　두 분이 이곳, 양평으로 내려오시게 된 경위가 특별하다. 아니, 어쩌면 너무 평범하다. 두 분은 초등학교 선생님이셨다. 젊은 시절부터 틈틈이 여행을 다니시다가 어느 쌀쌀한 날, 한적한 곳에서 캠핑을 하던 중, 모닥불 앞에서 우리 이런 시골에 내려와서 살까? 하고 시작한 말을 현실화시키게 되었다고. 천천히 귀촌을 준비하신 후 둘째아들이 20살이 되는 시점에 자식들만 서울에 남겨놓고 내려오셨다. 그들은 아직 정년퇴임이 멀었음에도 과감히 은퇴를 결정하셨다. 그 결정에 주위의 만류가 많았다고 한다. 하지만 두 분은 "우리가 일만 하려고 이 세상에 온 것은 아니니까"라는 명제에 서로 동의를 하여 가족들과 타인의 우려를 극복하셨다. 두 분은 서로의 의견과 지향점이 같다는 점에서 만족하셨고 행복해하는 것같이 보였다.

그들의 이곳에서의 대략의 생활은, 아침 일찍 일어나 산에 가신다. 그 계절에 채취할 수 있는 것들을 먹을 만큼만 채취하시고, 그것들을 다듬으시고, 정리하신다. 그리고 마당엔 적당한 크기의 텃밭을 정성스레 가꾸신다. 농사 초보라 하시지만 그분들의 텃밭은 멀리서 봐도 정리가 잘되어 있고 애정을 받는 야채들은 기름지다. 가끔 오시는 나의 엄마가 부러워하신다. 자연농법을 유지하려고 노력하는 (사실은 손이 가지 못해 자연스럽게 야생 상태인) 나의 밭과는 사뭇 대조적이다.

저녁에는 두 분이 함께 면내의 배드민턴 클럽에 가셔서 사람들과 어울려 운동을 하신다. 두 분은 서울에서 살 때부터 배드민턴을 오랫동안 쳐오셨다고. 거의 아마추어 선수급이시다. (덕분에 나도 배드민턴 클럽에 다니게 되었다.) 또한 그림 그리기, 바느질, 비누 만들기, 각종 장아찌 담그기, 술 만들기, 집 안팎 수리하기…… 등등을 하시는데 이미 외부 의존도를 상당히 낮추신 생활을 하고 계시다. 최근에는 양봉을 시작하셨다.

막 서울에서 내려오셨을 때보다 시간이 흐른 지금의 그분들의 모습은 훨씬 부드럽고 안정되어 보이신다. 인상을 찌푸릴 일보다 웃을 일이 많으신가보다. 잘 웃으신다. 사소한 일도 재미나다 하신다.

갑자기 바다를 보며 회가 먹고 싶으면 시간이 언제든 쉭 하고 운전대를 잡으신다. 어디 지역 축제한다는데? 하며 또 슝 운전대를 돌리시기도 한다. 사실 자세한 사연이야 난 잘 모른다. 하지만 현재의 그분들은 자신들의 선택에 만족해하시고, 뭔가를 누릴 준비를 해오셨고, 그 뭔가를 누리시는 것으로 보인다. 그리고 편안한 얼굴로 말씀하신다.

"우린 남과 비교를 안 해요. 그냥 누려요. 즐겨요!"

내가 뭔가 사소한 고민거리를 얘기한 때면, 조금 귀찮거나 힘겨운 일들은 그냥 지나치라고 하신다. 어디서 들으신 말인지, 직접 생각해내신 말인지 이런 멋진 말도 날리신다.

'네 공이 아닌 것은 차버려라!'

아랫집이 된 나의 집에 자주 선물을 들고 오신다.
"이거 엊그제 담근 잼인데 한번 맛봐요."
"군고구마 좀 드세요."
"이번에 처음으로 딴 꿀이에요."

언젠가는 수레 한가득 각종 수확한 야채를 실어다가 주시기도 했다. 오와! 이 많은 걸 어찌 제가 다 먹을까요? 하면서도 그 예쁜 수레의 모습을 사진으로 남기느라 정신이 없기도 했다. 갓 수확한 신선하고 다양한 야채가 한가득 담긴 수레라니…… 꽃다발보다 더 감동이었다.

바다에 오니 정말 아무렇지도 않구나! I'm OK I'm on the beach!, 2012, acrylic on paper, 25×19cm.

귀농과 귀촌

　귀농을 한 친구가 있다. 말 그대로 귀농이다. 귀농과 귀촌은 다른 말이다. 굳이 내가 귀촌이라면, 그녀는 귀농을 한 것이라 말할 수 있다. 그렇다고 그녀가 농사를 지어서 팔아서 먹고사는 정도의 수준은 못 되어 보인다. 그저 자신과, 자신의 가족이 먹으려는 정도의 농사를 짓는다. 그리고 좀더 수확량의 여유가 있다면 그걸 내다가 팔아 조금의 용돈을 버는 정도이다. 그녀는 미술을 전공했지만 자신은 더이상 미술로 밥 벌어먹는 사람이 아니고 농사를 지으러 시골로 간 것이라고 당당히 말한다. 그리고,

"가난은 선."

이란 말을…… 그렇게 과감히 정리하고 있다는 사실에 나는 잠시 멈춰 서야만 했다.

군이 종교인이 아니더라도 가난을 섬기며 사는 사람들이 있다. '자발적 가난'이라는 용어도 생겨났다. 그들은 추구하는 그 삶을 좀더 편안하게 구체화시키기 위해 무리를 지어 살기도 한다. 같은 뜻을 가진 자들끼리 모여서 서로 힘을 합쳐 또는 나누며 산다. 좀더 인간답게 아름답게 살기 위해서, 아니 행복하기 위해서라고. 이러한 움직임들은 이제 낯설지 않다. 어쩌면 자본주의사회에 지친 현대인의 대안, 하나의 트렌드가 되어가고도 있다.

대체적 삶은 불안정하고 불행함과 지루함을 밤 까먹듯 주워 먹어대야 하는 일상의 반복 속에서 존재의 이유, 즉 욕망을 감당하며 살아가야 하는 인간사에 이게 가능한 이야기일까? '욕망'을 버리고 이렇게 심플하게 과연 살 수 있을까? 그것도 사람들의 무리 속에서.

"중요한 걸 버려야 해요!"

그들은 하나같이 이렇게 말한다. 너무 아깝지만 그래야 된다고 한다. 묘사를 버려야 단순하고 힘있는 그림을 그릴 수 있는 것처럼. 하지만 아무나 그 경지에 갈 수는 없다. 버려야 될 그 중요한 것, 즉 자신의 '욕망'이 정확히 무엇인지조차 알지 못한다. 세상에 와서 자신이 해야 될 일이란 무엇일까. 무엇을 하며 살아야 할까. 그래도 무엇인가를 해야 하지 않을까. 군이 대자면 소명의식이란 이름을 뒤집어쓰고 있는 욕망에서 벗어날 수 없는 나 같은 인간에겐 결코 쉬운 일은 아니다.

나는 귀촌을 했다, 라고 표현하곤 하는데 사실 이것은 무엇을 버리기 위

갈 곳을 알고 가는 자의 뒷모습 The back of a man who knows where to go, 2015, acrylic on paper, 25×19cm.

해서 한 것이라고 볼 수는 없다. 오히려 얻고 싶어서라고 말하는 게 더 정확하다. 조용한 삶, 부대끼지 않는 삶, 그리고 자연 속에서 살고 싶은 욕망을 구체화시키는 방법 중의 하나라고 생각하며 나는 서울을 떠나온 삶에 대해 정의하곤 한다. 그리고 나의 직업적 특수성이 그걸 쉽게 가능하게 했다고 긍정하는 편이다. 곧잘 귀농을 한 친구들이 나를 오해하는 일도 있다. 자신들과 비슷한 처지에 살고 있는 것처럼 보이는 내게 자신의 동네로 와서 자신들의 그룹에 섞여서 함께 잘 살아보자는 제의들을 해오기도 했다. 나는 그들의 삶을 옆에서 본 후 그들처럼 살 수는 없다 판단했다. 일단 나는 농사를 본업으로 생각할 수는 없었다. 내가 가진 일들, 나 자신의 욕망에 충실하며 결과물들을 만들어내는 일들을 '부'라고 생각하기는 어려운 일이다. 무엇보다 뜻이 비슷한 자들끼리 무어 서로 협력하며 악지하게, 다정하게 지내는 것보다는 나는 조용한 삶을 훨씬 원한다는 것을 알게 되었다. 이것이 나의 기질이자 팔자라면 팔자겠거니 하는 생각이 들어 더 고독해지곤 한다. 하지만 어쩔 도리가 없다.

　나와는 차원이 다른 곳에서 세상에 이름이 불리든 안 불리든 개의치 않으며 조용히, 아름답게 살아가는 풀들처럼 그렇게 사는 사람들이 있다. 다른 존재에게 해를 끼치지 않는 가장 쉬운 방법을 바로 '가난하게 사는 것'이라고 정의하고 실천하며 사는 존재들이 있다. 순하고, 곧게 사는 일은 힘들다. 그래도 세상에는 그렇게 사는, 살려는 사람이 있다.

요가

요가를 시작했다. 마을회관에서 하는 프로그램으로 일주일에 두 번 가고, 한 달에 만원을 내면 된다. (나중에 만오천원으로 올랐다.) 요가를 배우면서 몸과 마음은 분리되어 있지 않다는 것, 그리고 무엇보다도 하루 온종일 외부에 놓여 있는 것들에 온몸과 마음을 빼앗겨 정신없이 살고 있다는 자각을 하게 되었다. 요가를 하는 그 잠깐만이라도 마음을 들여다보는 시간을 갖게 되는 것이 편안함을 주었다. 요가를 하러 다니면서 요가 동작을 배우기도 하지만 요가 선생님, 또는 거기서 만난 사람들로부터 매번 어떤 문장들을 배운다.

어느 날, 요가 선생님께서 아침은 정승처럼 저녁은 거지처럼 먹으라 하셨다. 그러니까 살을 빼고 싶은 사람은 말이다. 그러자 한 분이 질문을 했다.

요가Yoga move, 2013, acrylic on canvas, 50×72.7cm.

수영장 Swimming pool, 2009, acrylic on paper, 28×21cm,

"선생님, 저녁에 주로 회식을 하는데 어떡해요?"

그러자 선생님이 웃으며 답하신다.

"그럼 점심에 회식을 하세요."

"물구나무서기를 하루에 3시간씩 하면 불로장생한다는 말이 있어요."

라고 요가 선생님이 물구나무서기의 좋은 점을 강조하여 말씀하시니,

"하루에 3시간이나 거꾸로 서 있으려면 그 시간만큼은 더 살아야 손해 보진 않겠네요. 허허."

하고 입바른 소리를 하시는 분도 있었다.

"어떤 안 좋은 사건이 일어나면 일단 가만히 내가 통나무다, 라고 생각 하세요. 통나무는 움직이지도 못하고, 아무 생각도 하지 못하잖아요. 그렇게 조금 시간이 흐르면 그 사건이 아무 일도 아니라는 걸 깨닫게 될 거예요."

"통나무요? 왜 하필 통나무예요?"

"아…… 그냥 묻지도 따지지도 말고 통나무다 생각하세요."

나도 이 말을 곧잘 기억해내려고 하는데 도무지 잘 통나무가 되지 않는다.

요가를 꽤 다니게 되면서 요가 선생님과 가까워졌다. 수업이 끝난 후에

같이 식사도 하고, 때로는 나의 집에 오셔서는 장작을 패주기도 하는 정도로 친분을 갖게 되었다. 그분의 맑은 눈을 보고 참, 나이에 비해 보기 드문 눈빛이네, 하고 생각했는데 아니나 다를까 요가 선생님은 원래 스님이 되고 싶었으나 그러지 못하고 요가 선생님이 되었다고 했다. 중은 못되었지만 자신은 불교 신자이고 계속 공부하는 사람이라고도 했다. 언젠가 요가 선생님으로부터 달라이라마의 축복이 담긴 붉은색 실 목걸이를 선물로 받았다. 요가 선생님이 티베트로 여행을 가서 직접 받아오신 것을 사람들 몇몇에게 나누어주셨다. 얇은 빨간색 끈일 뿐인데 물리적으로나 정신적으로 저멀리 계신다는 달라이라마에게서부터 왔다고 하니 특별하게 느껴졌다. 붉은색 실 목걸이는 저절로 끊어질 때까지 하고 있어야 한다고. 달라이라마에서 요가 선생님으로, 미물인 내게까지 전달되어져 온 색실을 보고 있자니 세상에 촛불이 되는 이들이 존재한다는 것만으로도 감사하다.

전원주택 라이프

요가 수업이 끝나고 같이 다니는 이웃과 함께 면내에서 맛있다고 소문이 난 짬뽕집에 갔다. 요가 수업이 점심때쯤 끝나시인서 같이 요가를 하던 어르신 두 분이 어느새 먼저 와서 매운 짬뽕을 드시고 계셨다. 합석을 해서 같이 이야기를 나누게 되었는데 한 어르신(두 분 다 60대 후반 정도 여자 분들)께서 나의 이웃(50대 초반 여자 분)에게 물었다.

"그래, 서울에선 무엇을 하셨나?"

그러자 옆에 계신 또다른 어르신께서 이어서 물으셨다.

"아니, 어디가 아프셔서 내려오셨소?"

간략하게 요약되는 두 질문이 참으로 이상하지만 이 지역의 특수성상 아무렇지도 않게 들리기도 했다.

"아니, 어디가 아파야 내려와요?"

나의 이웃이 웃으며 대꾸하자 물으셨던 분이 당황해했다.

"아니, 아직 내려오기엔 젊고, 일할 나인데 하는 생각이 들어서 그렇지."

"이런 곳에서 살고 즐기려면 좀 젊었을 때 내려와야 해요. 늙어서 오면 고생만 하죠. 안 그래요?"

나의 이웃 분은 일부러 더 두 어른을 놀리는 투로 대답하시는 듯했다. 그러자 질문하신 분이 샐쭉해지시며 입을 다무셨다.

양평은 인구 대비 노인 인구가 가장 많은 곳이라고 한다. 이곳은 상수원 보호 구역이네 청정 지역이네 하면서 젊은이가 일할 수 있는 시설들이 거의 없다. 고작해야 면내 등지에서의 상업, 혹은 요식업이나 숙박업(펜션 등)을 할 수 있을까. 아니면 농림 축산업을 하고 있고, 나머지는 다 전원 속에 살려고 내려온 귀촌인들이다. 이제는 서울 같은 도시에서 내려온 이들이 점점 더 많아져 토박이들보다 다수가 되고 있다. 그러다보니 노인 인구가 가장 많게 된 것이다. 그리고 양평은 화가나 조각가, 소설가 등 예술가가 많기로도 유명하다. 이곳의 예술가들과 많은 교류를 하고 있지는 않지만 다른 지역에서 살 때보다 많은 수의 예술가들의 소식을 접할 수가 있었다. 이를테면 누구를 만나든지 내가 화가라고 하면 오! 그럼 어디께 사는 화가 양반 아쇼? 이런 질문을 자주 접한다. 그러니까 단순하게 정리하자면 이곳은 노인과 아티스트가 많은 지역쯤 되겠다. 흠. 노인과 아티스트의 공통점이 무엇일까. 재화를 벌기 위해, 회사 등의 시설을 다니기 위해 도심에 있지 않아도 되는 사람들이라는 점이겠다.

이곳에 와서 예전에 비해 여행에 대한 욕구가 많이 없어진 것을 인정한다. 왜인가 하고 생각해봤더니 쉽게 자연 속에 놓일 수 있는 환경이기 때문이다. 자연을 만나러 멀리 차를 타고 기차를 타고 나서지 않아도 된다. 아침에 일어나 문을 열면 된다. 이슬이 내려앉은 초록이, 모든 것이 소독될 것만 같은 노란 햇살이, 색색이 물든 가을빛이, 세상의 모든 것을 덮어주는 하얀 눈이 펼쳐진다. 매번 다른 풍경이 놓여 있다. 질릴 수 없는 풍경이다.

요가 수업에서도 그렇고, 이곳에서 나는 젊은 편에 속하는데 나의 직업이 화가라서인지 그들은 내가 이 지역에 있는 것을 그다지 특별하게 여기지 않는 편이다. 그러니까 젊은이가 대낮에 돈 벌러 안 다니고 요가나 하고 앉아 있네, 라는 느낌을 주진 않는다. 나는 어쩌면 그들의 말대로 이곳에서 요양을 하기도 한다고 생각한다. 요양을 할 수 있는 환경만큼 괜찮은 환경은 없다. 그래서 이 환경에 만족하는 편이다. 비록 젊은이보다 노인을 더 자주 접할 수밖에 없지만 말이다.

젊은이가 더 고생을 하며(열심히 재화를 벌기 위해, 혹은 성공하기 위해) 도심에 있지 않고 노인들이나 하는 여유를 즐긴다고 누가 뭐라고 할지도 모른다. 그리고 그게 현재의 우리네 정서이기도 하다. 이런 환경에 있다고 무조건 여유로운 것만도 아니며, 젊은이가 여유로운 상태에 놓이는 것에 대해 우려를 하는 이 사회도 이상하다. 그러면서 서울은 한적한 전원을 질투하고, 시골은 서울의 번화함과 바쁨을 질투한다.

어느 정도 나이층이 되는 사람들이 전원에서 살고 싶어하는 이 사회적 정서도 약간 이상한데 이것은 일종의 향수 때문으로 보이기도 한다. 우리 나라의 번잡하고 화려하다는 도시란 그 역사가 얼마나 짧은가 생각해보면 나이가 있는 분들은 대개가 시골 출신이다. 고된 삶의 끝 무렵엔 향수 어린 지역에서 편안하게 보내고 싶은 로망이 자리를 잡는 것이다. 나는 이런 단체적 로망엔 우리가 너무나 뻔하게 알고 있는 사회적, 시대적 문제가 있다고 본다.

병들고 아파야지만 몸이 진정 원하는 게 무엇인지 생각해보게 된다. 그 때야 삶이 유한하다고 깨닫는다. 도심에서 젊은 시절 고생하며 돈을 벌어야지만 노후에 한적한 전원에 아름다운 전원주택을 짓고 들어와 남은 생을 보낼 수 있다는 단체적 로망에 대해 씁쓸하고 서글픈 마음이 든다. 한데, 이게 사실이기도 하다. 전원생활에 치러야 되는 비용이 적지 않다.

너무 이상하게 생각되리만치 이놈의 시골 땅값이 말도 안 되게 비싸다. 진짜로 필요한 사람들이 가질 수 없게 되어 있다. 부동산 투기로 우리나라는 정말 병들어 있다.

마님병

"산에서 취나물 따서 먹으니 좋네요."

"어머, 취나물이 뭔지도 알아요? 난 아직도 나물 질 모르겠디라고."

"저도 얼마 전에 배워서 알게 되었어요. 하하."

취나물 채취에 대해 마을에서 만난 60대 초반의 어르신과 이야기를 나누고 있었다. 취나물이 뭔지 모른다는 것은 나의 얘기가 아니고 그 어르신의 얘기다. 그 어르신은 몸이 아파 휴양 삼아 이곳에 내려와서 살고 계시다. 이곳에 있지만은 자신은 모름지기 뼛속 깊이 도시 여인이라고 생각하시는 분이다.

그때 이 얘기를 듣고 계시던 더 나이가 지긋하신 어르신(아마도 70대 후반)이 끼어들어 한말씀하신다.

"거, 나물 같은 거 많이 알면 여자 팔자가 안 좋아. 고생만 한다고. 그런 거 모르고 사는 게 좋아!"

60대 초반의 어르신은 그녀보다 더 어르신이 하신 말씀에 웃으시며

"전 너무 몰라서 걱정이에요."

라고 대답하시지만 자신이 모르는 것을 알아주는 어르신을 만나 마냥 기쁘신 듯했다. 나는 뭐지? 이상한 기분이 들었는데 어찌해서 모르는 게 더 낫다는 것일까? 게다가 이런 시골살이에서 몇몇 흔한 나물에 대해서 모르는 것은(관심이 없는 것은) 자랑이 아니라는 생각이 들었다.

윗세대, 흔히들 말하는 힘들고 가난한 시절을 겪은 부모, 혹은 조부모 세대가 갖고 있는 정서에 대해, 그것이 그 아랫세대에 끼치는 영향력에 대해 생각을 해본다. 그들이 말하는 좋은 팔자를 가진 자의 삶은 편안하고 안락하고 부유한 삶. 그러니까 손에 물 한 방울 묻히지 않고 곱게 외모를 가꾸며 사는 삶. 천하다고 여기는 노동자와 반대 위치에 놓여 있는 삶. 그 노동자를 부리는 삶. 이것은 뿌리 깊게 유전자가 기억하는 (지금도 존재하는) 마님의 삶이다. 그리하여 그 세대가 후세대에게 남긴 것은 이른바 '마님……병'이라고 생각한다. (공주병과는 약간 다르다.)

나는 마님의 삶을 꿈꾸지 않는다. (뭐. 이미 틀려먹었다.) 진짜로 부럽지 않다. 일단 나의 형태가 마님의 것과 가깝지 않다고 느껴왔고, 그렇게 태어나지 않았는데 노력을 해서 바꾸고 싶을 만큼 마님의 형태가 부럽지 않은 것이다. 외피적으로 드러나는 그들의 모습은 가진 게 많은 자이다. 가진 게 많을수록 지켜야 될 것들이 많고 그러면 알다시피 많은 책임과 위

일하는 사람 Worker, 2014, acrylic on canvas, 22×27.3cm.

선이 붙어 다니게 되어 있다. 그다지 행복해 보이지 않는다. 보라, 수많은 문학작품이나 영화에 등장하는 마님들은 행복해 보이지 않는다. 그럼에도 세상에 모셔야 될 마님(병)들이 많다. 행복하지 않더라도 대접을 받고 싶은 것인가. 아니 대접을 받아야 행복한 삶이라고 생각하는가보다.

이곳에서 만난 어르신 중엔 나물이나 버섯에 대해서 많이 알고 하나하나 가르쳐주시는 분들이 있다. 오랫동안 자신이 쌓은 경험과 지식들을 조곤조곤 눈높이에 맞춰 설명해주고 이곳에서 살려면 이 정도는 알아야 하지 않는가, 하는 조언도 아끼지 않는다. 나는 이런 거친 손을 가진 여성이 더 부럽다. 그들이 내겐 진짜 섬기고 싶은 마님으로 보인다.

목수

"그러니까요, 이 동네에서 제일 괜찮은 목수 좀 소개시켜주세요."

"음. 뭐하시려고요?"

"집 안팎 수리도 좀 하고, 가구도 좀 만들고 하려고요."

"음. 여러 가지로 다 잘하시는 양반이 필요하시고만."

"그렇다고 할 수 있죠. 비용이 비싸더라도 무조건 잘하시는 분을 소개받고 싶어요."

"음. 그렇게 말씀하시니 딱 떠오르는 양반이 있기는 한데. 그 양반이 좀 바쁘더라고. 연락해볼게요."

내가 양평에 내려와서 집을 짓고 산 지 2년쯤 지났을 때 L 목수를 알게 되었다. 집을 지으면서 거래하던 건축 목재상에서 소개받게 된 것이다. 굳이 많고 많은 목수들이 있는데도 간곡히 부탁해서 소개를 받으려 했던 것

그렇게 생각하지 않는다. I do not think so., 2016, acrylic on paper, 25×19cm.

은 실지로 집을 짓는 과정과 그 이후에 만났던 많은 사람들에 대해 실망을 반복했기 때문이었다. 한적한 시골에 집을 짓고 사는 동안 계속해서 뭔가를 증축하거나 수리해야 되는 일들과 작업에 필요해서 만들어야만 하는 구조물들이 꽤 있었던 관계로 나는 목수라 지칭되는 이들을 여럿 만났다. 그 와중에 나는 전문가라는 단어를 떠올려야만 했는데 그들은 처음 만날 때는 전문가인 척하지만 사실은 그렇지 못했고, 일을 대충 끝내고 그 일에 대한 대가를 받고는 다시는 안 볼 사람처럼 사라지기 바쁜 인상을 주었다.

L 목수는 처음 만날 때부터 좀 특별한 인상을 받았다. 일단 빵떡모자에 (모자 사이로 묶여진 긴 머리가 나와 있었다) 개량 한복, 그리고 맨발에 고무신을 신고 있었다. 언제나 예의 바르게 90도로 인사를 하며 뭔가를 음미하는 표정으로 천천히 말을 하였고 일도 서두르는 법이 없었다. 하지만 어떤 일에 대해 상의를 할 때 과하다 싶을 정도로 자신의 의견을 얘기하는 경우가 있었는데 그것은 대부분 좀더 좋은 자재를 써야 한다는 것, 인건비를 아끼려 들지 말라는 얘기가 많았다. 돈을 쓰는 입장인 나로서는 곤란할 때가 종종 있었다. 하지만 나는 대체로 그의 말에 따르곤 했는데 시간이 흘러 듣기를 잘했다는 생각이 들었다.

L 목수와 두어 차례 일을 하게 된 후, 어느 날 같이 점심을 먹으며 나는 그에게 그를 만나기 위해 나름 애썼고 당신의 일하는 품새가 마음에 들고 만족도가 높다고, 그래서 당신을 알게 되어서 기쁘다는 표현을 했는데 그

는 이렇게 대답하는 것이었다.

"저도 사람을 보고 일을 할지 말지 결정합니다. 아무하고나 일하지는 않는다는 얘기입니다."

편지

이곳으로 와서 살기 시작한 지 대략 2년 정도가 흘렀던 때로 기억된다. 어느 날 우편함에 핑크색 봉투의 편지가 도착해 있었다. 발신인은 없고 수신인만 있는 편지였다. 물론 수신인은 나였다. 나의 집주소와 나의 이름이 정확히 적혀 있었다. 뭐지? 하고 열어보니 어떤 남자(로 추정되는)가 내게 보내는 편지였다. 그런데 아무리 뒤져봐도 편지를 보낸 이에 대한 정보가 없었다. 편지의 내용은 인사말, 날씨, 그리고 그날 하루 자신이 어찌 보냈는지에 대한 얘기가 전부였다. 물론 나를 향해 이야기를 하듯 써 내려갔다. 특이 사항이라 함은 검정색 볼펜으로 쓴 손글씨였다. 편지지는 봉투와 마찬가지 핑크색으로 아니, 요새 이런 편지지를 어디서 파나? 할 정도로 촌스러웠다. 하지만 글씨는 정성을 들여 쓴 것으로 보였다. 처음엔 요즘에 누가 손글씨로 종이에 편지를 쓴단 말인가? 웃음이 나왔지만

이 편지가 꼬박꼬박 일주일에 한 통씩 오기 시작하면서 점점 나는 웃을 수만은 없게 되었다.

매 편지의 내용은 그다지 별다를 게 없었다. 안부를 묻는 것을 시작으로 자신이 요즘 뭘 하며 지냈는지, 무슨 생각을 하는지에 대한 내용이 전부였고 잘 지내시라는 말로 끝을 맺는 내용이었다. 누가 이런 편지를 내게 계속 보내는지 도무지 감을 잡을 수가 없었다. 분명한 것은 이 지역에 대해 잘 알고 있고 나를 분명히 본 적이 있는 사람이라는 것뿐이었다. 이곳에 와서 만났던 적이 있는 남성들을 하나둘 떠올려보았지만 도무지 연결되는 사람이 없었다. 친구들에게 이야기를 하자, 이웃이나 마을에 수상한 남자가 없는지 잘 살펴보라고 했다. 게다가 이런 손 편지라니…… 분명히 나이가 지긋한 사람일 거라고 추측해댔다. 친구들로부터 이 시절에 이런 편지, 그것도 일종의 연애편지로 보이는 편지를 다 받는다며 놀림을 당해야만 했다.

편지는 20통이 될 때까지 보내져왔다. 10통쯤 왔을 때 집배원을 만났다. 그날도 핑크색 편지를 전달받은 나는 우체부에게 이 편지 발신인을 알아낼 방법에 대해 물어봤다. 우체부는 그것을 알아보는 것은 불법이라고 했고, 원치 않는다면 이 핑크색 편지를 배달하지 않고 우체국에서 처리할 수는 있다고 했다. 자신도 그동안 이 편지들이 몹시 수상했었다고. 그렇지만 무작정 이 편지 배달을 안 받는 것은 답이 아니라고 생각했고, 편지의 내용이 거의 순수함에 가까울 정도의 이야기들뿐이었으므로 그렇게 하시라고 말하지 않았다. 편지의 내용은 별반 특이 사항이 없이 계속 비슷한 이야기만 반복되고 있었다. 그것은 분명 나와 만난 적은 있지만 어떤 사연을 쌓은 사람은 아닐 거라고 추측하게 했다. 그렇지만 누굴까? 도무지 알 수가 없었다. 궁금했다. 이 호젓한 시골에서 누가 나를 계속 지켜보고 있는 것일까. 생각하면 뒤통수에서 소름이 끼쳐오기도 했다. 나의 집을 알고 있고, 나를 만난 적이 있는 사람. 나는 방문하는 남자들을 유심히 관찰했다. 하지만 답이 나오지 않았다.

편지가 18통쯤 왔을 때였다. 그러니까 마지막 편지를 2통을 남겨둔 때였다. 작업실 내부의 그림 창고를 만들었던 L목수에게서 연락이 왔다. 지난 공사 때 내게 줬던 영수증의 어떤 내용을 확인해달라는 거였다. 나는 그때 받았던 영수증철을 꺼내 열어보는 순간 깜짝 놀라 영수증철을 떨어뜨리고 말았다. 그곳엔 나무 자재를 파는 목재소에서 받은 영수증들이 섞여 있었는데 거기서 익숙한 글씨체를 발견한 것이다. 바로 핑크색 편지의 글씨체와 똑같은 글씨체의 영수증이 거기 있었다. 나는 순간 휴, 하고 안도의 한숨이 먼저 나왔다. 이제야 편지의 발신인이 누구인지 알게 된 것이다. 그가 누구인지 떠올랐고, 무서운 느낌은 안개가 걷히듯 사라졌다. 지난 그림 창고 공사 때 한 건축 목재상에서 자재를 사다가 썼는데 내가 두 번 정도 직접 그 목재상에 가서 자재를 확인하고 결제를 했다. 그때 그 목재상에서 영수증을 써주던 젊은 남자가 있었다. 그자로구나! 이럴 수가! 그자가 왜? 그 목재상에는 젊은 남자들이 여럿 있었다. 목재상은 사장님과 그의 형제들이 운영하는 듯 보였는데 모두 다 젊은 편에 속하는 남자들이었다. 그리고 돈을 받고 영수증을 써주는 캐셔 역할을 하는 것으로 보였던 그 사람은 내가 보기엔 가장 어린 편에 속했다. 그들이 나의 주소를 알게 된 것은 나의 집으로 목재 배달을 여러 번 왔었기 때문일 것이고, 나의 이름은 버젓이 영수증에 나와 있으니 당연히 알기 쉬운 일이었을 것이다. 나는 편지의 주인공을 알게 된 후에도 2통의 편지를 더 받았는데 마지막 20번째 편지에서 그는 자신이 누구인지 밝히고 있었다. (그는 아마도 내가 깜짝 놀랄 것을 예측하고 마지막 편지를 썼겠지만 나는 이미 네가 누군지 알고 있다! 이놈아!) 그는 이 편지가 마지막이고, 그동안 자신 때문에 무섭진 않았는지 미안하다는 내용도 들어 있었다. 누군가와 이야기를 하고 싶었다는 얘기였다. 그리고 마지막 편지는 우편 소인이 없는 것으로 보아 나의 집까지 와서 우편함에 직접 넣고 간 것이리라. 나는 그 편지들에 답장을 하지 않았다. 할 수 없었다. 그도 대답을 기다리지는 않았을 거라고 생각했다. 이후 그 목재소에는 가기가 뭣해 가지 않았다.

나는 '그는 이런 호젓한 시골에서 외로웠고, 그래서 어느 날 편지 프로젝트를 시작하기로 마음을 먹었고, 그 대상이 우연히 내가 되었나보다' 라고 이 편지 사건을 씁쓸한 마음으로 정리했다.

수년이 지난 후 오두막을 지으려고 자재를 사러 가본 그 목재상에 그 편지 프로젝트의 주인공은 이제 없는 것으로 보였다. 하지만 목재상 사장님은 여전히 나를 기억하고 있었고 의미심장한 미소를 지어 보였는데 나는 더 깊이 알려고 하지 않는 얼굴로 볼일만을 보고 나왔다.

한의원

　면내에 유일한 병원이 한의원이다. 약국은 2개가 있다. 보건소가 하나가 있다. 만성 직업병인 어깨 통증이 있던 날, 작업을 제대로 하지 못하며 고통받다가 멀리 가지는 못하고 반신반의하며 가까운 이 한의원을 찾아갔다.

　"아우…… 선상님…… 고마워요……"

　낡고 초라한 간판이 달린 병원 문 앞에서 한 할아버지의 연약한 음성이 들렸다.

　병원 내부는 소박했다. 접수처 겸 대기실에 소박한 의자 몇 개가 놓여 있고 문 앞에 진료실이라고 쓰여 있는 방이 하나 있었다. 그 방 옆으로 물리 치료실이 있었는데 커튼을 가림막으로 한 침상이 여러 개가 있었다. 의사 선생님은 생각보다 젊고 순하게 생기셨다. 나는 의사 선생님의 간단한 진료를 받고 물리 치료실로 들어가 한 침상에 누워 있었다. 옆으로는 할머니, 할머니, 그리고 빈 침상인 거 같았다.

"선생님, 나 치매 안 걸리는 침 놔줘요. 요즘 정신이 왔다갔다해요. 엊그제도 뭘 까먹고 댕기다가 큰일날 뻔했어요."

"아유…… 치매 아녜요. 저도 그런 일 허다한걸요. 얼마 전에 저도 만원짜리랑 천원짜리랑 헷갈려서 거스름돈을 잘못 받아왔던걸요."

누워 있는 등뒤에서 선생님의 음성이 참, 상냥하게 들렸다.

치료가 끝나고 병원 문을 나서는 길, 대기실에 죽 앉아 계시는 할머니들이 모두들 나를 쳐다보셨다. 쟤는 젊디젊은 것이…… 하는 말이 들려오는 듯했다. 젊어서 아픈 것이 죄송스러워서 재빨리 나왔다. 할머니들보다 젊어도 저도 가끔 아프다고요.

그후, 이 한의원에 여러 번 더 갔었는데 한번은 웃지 못할 일이 있었다. 그때는 잘 몰랐는데 그 한의원은 나름 침상을 여성 전용과 남성 전용으로 나누는 칸막이가 따로 있었다. 접수를 끝낸 내게 간호사가 물리 치료실에 들어가셔서 침상에 누우세요, 했는데 내가 남성 전용 쪽으로 들어가 침상에 떡하니 누워 있었던 거다. 내 옆에는 한 할아버지가 상의를 탈의하고 등에 침을 잔뜩 꽂은 채 누워 계셨다. 잠시 후 나를 찾던 간호사가 나를 남성 전용 침상 쪽에서 발견하고는 놀라서 말했다.

"아유. 여기 계시면 어떡해요?"

"예? 침상에 가서 누우라고 해서……"

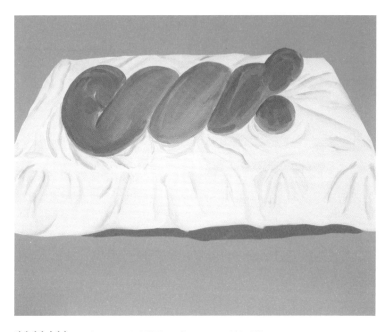

침대 위의 꽈배기 Twisted bread stick on bed, 2012, acrylic on canvas, 80.3×100cm.

"아유. 여긴 남성 침상이에요. 아무리 할아버지래도 그렇지. 너무하시네."

하면서 탈의한 할아버지에게 힐긋 눈길을 주며 나를 힐책했다. 나는 흠 칫 당황하고 침상에서 내려와 옆 칸 여성 전용 쪽으로 이동했다. 뒤에서 간호사가 웃는 소리가 들렸다.

한참 후, 이번엔 운동을 하다가 삐었는지 발목이 욱신거리고 아파서 한 의원에 갔다. 첫날 한의원에서 침을 맞고 와서 다리가 더 아픈 느낌이었 다. 다음날 의사 선생님에게 말했더니 침 몸살을 앓는 거라고 했다. 그러 면서 내 종아리를 만지며 물으셨다.

"왜 이렇게 몸에 힘이 들어가 있어요?"

"예? 제가요?"

"침을 잘 맞는 사람들이 있어요. 그런 분들은 몸에 힘을 잘 빼요."

"예…… 제가 침을 잘 안 맞아봐서요."

"몸에 힘을 빼세요."

"아…… 예…… 노력해볼게요."

의사 선생님은 정작 아픈 부위가 아닌 다른 곳에 침을 놓으셨다. 그리 고 뭐라 뭐라 설명을 하셨는데 잘 모르겠는 소리였다. 아픈 부위에 침을 놓으면 더 힘이 들어가서 치료가 안 되고…… 어쩌고…… 알아듣겠냐고 해서 흠…… 네…… 뭐…… (긁적긁적) 암튼 흠…… 힘을 어떻게 빼라는 거지? 힘을 빼기란 어렵구나, 라는 생각이 침상에 누워 있는 내내 들었다.

'선생님, 죄송합니다. 제가 아직 선생님의 말씀을 잘 못 알아들은 거 같습니다.'

외국인 며느리

나의 집에서 이런저런 편의시설이 있는 나름 번화가인 면내까지는 5킬로 정도 떨어져 있다. 내가 면내에 가는 경우는 마트에서 간단한 장을 본다거나 우체국에 들러 우편물을 보낼 때, 그리고 면사무소에 딸린 자치센터에서 하는 프로그램 중 하나인 요가 수업이나 중고등학교 체육관을 빌려 쓰고 있는 배드민턴 클럽을 갈 때 등이다. 면내에서 나의 집이 있는 마을까지 다니는 지역 버스가 있다지만 하루에 네 번 정도 있다고 하고 그 시간대를 맞추기 힘들어서 버스를 이용한 적은 거의 없다. 걸어서 가기엔 좀 먼 거리이기 때문에 주로 차를 이용한다. 자동차로는 5~10분 걸린다. 아주 가끔은 걸어서 가거나 자전거를 타고 간다. 자전거를 타면 15~20분 정도이고, 천천히 걸으면 1시간 정도가 소요된다.

오후가 되도록 골머리를 쓰는 작업을 하다가 아. 맞아, 장을 봐야 하는데, 하는 생각과 동시에 좀 걸으면서 머리를 식혀야겠어. 음. 운동 삼아 면 내까지 걸어서 다녀올까, 란 생각이 든 날은 2월의 어느 바람 부는 날이었다. (밖에 나와서야 바람이 부는 쌀쌀한 날이란 걸 깨달았다.) 걷게 되면 차로 봤던 풍경이 아닌 다른 풍경을 만나게 된다. 처음엔 아. 추운 날 괜히 나왔나 싶었지만 한적하고 쾌청한 겨울 풍경 속에서 곧 기분이 좋아졌다. 1시간 정도를 걸어서 면내에 도착하여 간단한 장을 보고 나니 올 때는 좋았는데 집에 갈 길이 까마득하게 여겨졌다. 날이 어둑해지기 시작했고 바람은 더 차갑게 불었다. 신고 나온 신발도 운동화가 아닌 털 달린 고무신이었기에 발도 불편했다. 버스 정류장으로 가서 지역 버스 시간표를 확인해 보기로 했다. 시간이 마침 맞는다면 버스를 타야겠다고 생각했다. 면내 버스 터미널 맞은편 파출소 옆에 위치한 작은 버스 정류장에서 어떤 젊은 여자가 혼자 버스를 기다리고 있었다. 벽에 붙어 있는 낡은 버스 시간표를 확인하며 뭔가 불안해서 그 젊은 여자에게 물었다.

"이 버스 시간표 맞나요?"

시간표 대로라면 무려 40여 분을 기다려야 했다.

"네. 맞아요."

라고 말하는 그 젊은 여자는 어! 말하는 투나 얼굴 생김으로 보아 외국인이었다. 여기서 가끔 만나는 농촌으로 시집온 동남아 여자인 거 같았다. 그래도 한국말을 잘 알아듣고 잘 말하는 듯했다.

"저는 여기 가는데 혹시 같은 버스 기다리시는 거예요?"

걷다가 냄비 우동 Udon in a pot while walking, 2009, acrylic on paper, 25×19cm.

"네. 저도 그 버스 기다려요."

"6시 10분 차 맞죠? 근데 여기 시간표대로라면 40분 정도 기다려야 되는데……"

나는 아직 한참 시간이 남아 있는데 이 추운 날 그녀가 버스 정류장 간이의자에 앉아 있는 게 이상하게 생각되었다. 게다가 한참 전부터 그곳에 앉아 있었던 거 같았다. 그녀는 잠시 있더니 이렇게 말했다.

"아. 근데 6시 10분 아니고요, 6시 20분이에요."

"네? 여기 6시 10분이라고 쓰여 있는데."

"작년까지 6시 10분 차였는데 올해는 6시 20분 차로 바뀌었어요."

그녀는 늘 타는 버스인지 확신에 찬 말투, 하지만 아직은 한국말이 어설픈 발음으로 대답했다. 나는 그녀와 함께 40분, 아니 50분을 기다려 6시 20분에 정확히 출발하는 그 버스를 탔다. 버스에 타면서 기사에게 물었다.

"기사님, 여기 버스 정류장 벽에 붙어 있는 시간표엔 6시 10분이라고 쓰여 있는데 잘못된 거 아녜요?"

기사는 시큰둥하게 말했다.

"그래요? 전 잘 몰라요. 버스 회사에 물어보세요. 전 제 시간 운전만 해서 시간표 바뀌는 거 잘 몰라요."

나는 결국 불친절한 버스 기사가 아닌 외국인 여자에게 더 정확한 정보를 얻은 셈이었다. 외국인 여자와는 같이 버스를 기다리면서 대화를 나누게 되었다. 그녀는 베트남에서 이곳 농촌으로 시집와서 지낸 지 8년이 되었다고 했다. 내가 한국말 잘한다고 칭찬하니 더 배우러 다니고 싶은데 일이 많아서 시간을 잘 못 낸다고 했다. 양평 군내에는 외국인들을 위한 한국어 교실이 잘되어 있다고도 했다. 그녀에게 바쁜 이유가 뭐냐고 물었더니 농사일을 거들어야 하고 집안일도 해야 한다고. 물론 시부모님들과 함께 살기 때문에 그들도 모셔야 했다. 그녀의 삶을 연상해보니 바쁘다고는 하지만 무척 단조로울 것만 같았다. 아직 한참 젊은 나이일 텐데 말이다. 친구들이 있느냐는 질문에 이곳에 시집온 비슷한 처지의 엄마들이 있다고 했다. 그들과도 시간을 내서 자주 만나기는 힘들다고. 그녀는 아직 아기는 없는 거 같았다. 앳된 얼굴이기도 했지만 내 생각보다 훨씬 더 어리다는 것도 알게 되었다. 이곳에 시집온 외국인 여성들에 대한 이야기는 사실 흔하다. 그들은 대체저 으로 자신들보다 한참 더 나이가 많은 남편과 그의 부모, 즉 시부모와 함께 산다. 물론 외국인 여성들은 따로 자신만의 직업이 있기는 어려운 것처럼 보인다. 며느리나, 농부의 아내, 혹은 엄마로 살기 위해 이곳으로 시집을 온다.

나보다 몇 정거장 더 가야 하는 그녀를 두고 내리면서 고맙다고 인사를 했다. 버스를 한참 기다리기는 했지만 버스를 타고는 10분도 채 걸리지 않아서 나의 마을에 도착했다. 버스에서 내려 집으로 터덜터덜 걸어오면서 여기는 시골, 전형적인 한국의 시골인데 외국인에게 도움을 받다니…… 괜히 웃음이 나왔다. 하긴, 어쩌면 그녀들이 나보다 더 이곳에 더 소속된 사람들일 것이다.

미용실

면에는 미용실이 3개 정도가 있다. 한번은 이전에 다니던 곳이 아닌 다른 곳으로 갔다. 면내에 살고 있는 젊은 작가가 소개해준 곳이다. 그녀가 소개하길 젊은 사람이 하는 곳이고 나름 자존심을 가지고 운영하고 있다고 일러준 곳이다. (처음엔 이게 뭔 소린가 했다.)

미용실은 대략 4~5평 정도 되는 작은 크기의 공간으로 한쪽 벽면에 2개의 거울을 두고 2개의 미용 의자가 놓여 있고, 맞은편 벽 쪽에 붙박이로 만들어진 벤치가 무척이나 소박했다. 미용실에 흔하게 널려 있는 여성 잡지 하나 보이지 않았다. 그리고 뭐 특별한 기구도 별로 없어 보였다. 이를테면 머리에 열을 가하는 커다란 우주인들이 쓰는 모자가 달린 그런 기구 같은 것이 전혀 없었다. 문을 열고 들어서니 나이가 지긋하신 여성 한 분이 커트를 하고 있었다. 내가 파마를 하고 싶다고 말하자 좀 기다리라고 했다. 앞서 오신 분의 커트가 끝나고 나니 내 차례가 왔다. 미용사이자 사장님인 그녀가 가리킨 의자에 앉았다. 의자에 앉은 나는 거울을 보면서 그녀에게 말했다.

"뽀글이 파마를 하려고요."

같은 거울 속에서 그녀는 나의 머리카락을 손으로 몇 번 만지작거리더니 대답했다.

"정말 파마를 하시려고요?"

"네."

그녀는 계속 나의 머리카락을 만지면서 걱정스러운 얼굴로 말했다.

"흠…… 염색을 하신 지 얼마나 되셨어요?"

"염색이요? 음…… 작년엔가 빌색과 염색을 여러 번 했었는데 계속해서 머리가 밝아져서 한 1달 전인가 짙은 갈색으로 염색을 했어요."

"흠…… 어쩌지. 지금 이 머리는 파마를 해도 파마가 안 나와요. 보이시죠? 머리 끝부분 이만큼이 완전히 힘을 잃었어요."

그녀는 거울을 통해 확인시켜주려는 듯이 나의 머리 끝부분을 붙잡고 올렸다 내렸다 했다.

"그래도 저 파마 잘 나오는 편이니 그냥 해주세요."

"흠…… 안 하시는 게 좋을 거 같은데요."

"에? 어차피 상한 머린데…… 괜찮아요. 파마해주세요."

나는 나의 상한 머리카락에 익숙해 있으므로 아무렴 어떠냐 하는 마음이었다. 그런데 그녀는 마치 못 볼 것을 본 사람처럼 매우 심각한 얼굴을 하고 있었다.

"흠…… 상한 부분만 커트를 하시는 게 어떠시겠어요?"

나는 계속 파마를 못해주겠다는 그녀가 이상하게 여겨지기 시작했다. 별로 손님도 없어 보이는 미용실인데 말이다. 하지만 그녀의 단호한 얼굴과 눈빛을 보니 뭐라 자꾸 요구하기도 어색한 상황이 되었다.

"에…… 음…… 커트만 하라고요? 음……"

"네. 상한 부분만 커트를 해드릴게요."

"음……"

고민과 당황함 사이에 놓인 나를 보더니 그녀는 말을 이었다.

"저는 머리가 이렇게 상한 분께는 파마를 권하지 않아요. 그래서 다른 곳에 가서 파마를 하셔도 뭐 상관은 없는데요. 이 머리카락으로는 예쁜 컬이 나오지도 않고요. 아시다시피 파마를 하게 되면 머리가 더 상하게 돼요. 머리가 건강해질 때까지 아무것도 안 하시는 것을 권합니다. 그리고 이 머리카락 잘 엉키지 않으셨어요? 안쪽에서 건강한 머리카락이 나오고 있으니까 이상한 부분은 없애는 게 좋을 거 같아요."

그녀는 다시 한번 못 볼 것을 본 사람처럼 얼굴이 딱딱하게 굳어져서는 상냥하지 않은 말투로 내게 충고했다. 나는 머리 관리를 못한 죄인이 되어 결국 그녀가 풍기는 어떤 강건한 분위기를 어쩌지 못하고 그녀 말대로 상한 머리카락만 잘랐다. 집에 돌아와 머리 모양에 큰 변화가 없어서 뭐

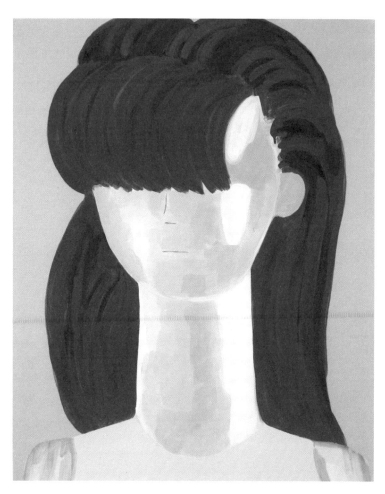

파랑 머리 Blue hair, 2013, acrylic on canvas, 90.9×72.7cm.

야? 에잉…… 했지만, 한 밤 자고 일어나니 머리카락이 찰랑찰랑 모두 곱게 자리를 잡고 있었다. 그녀의 미용실에 상한 머리카락만을 놓고 온 것이다. 그녀는 내가 미용실 문을 열고 나갈 때 내 뒤통수에 대고 말했다.

"한동안, 아니 아주 오랫동안 미용실에도 가지 마시고 머리에 손대지 마세요."

아무리 생각해도 그녀는 좀 이상한 미용사이자 사장님이다.

작은 도서관

집에서 집중이 잘 안 될 때 노트북을 들고 준비하는 책 작업을 하러 면내 도서관에 가곤 한다. (이 책도 이곳에서 많이 썼다.) 대체저으로 힌기힌 이 도서관은 이름도 '작은 도서관'이다. 보통 도서관이면 건물 한 동을 쓰는 곳들이 많은데 이 작은 도서관은 면내의 작은 4층짜리 건물 2층에 30평 남짓 되어 보이는 규모로 마련되어 있다. 서가도 매우 소박하니 책도 그리 많이 소장하고 있지 않다. 그래도 책을 읽거나 공부를 하기에 갖춰야 할 테이블과 의자는 충분하다. 몇 년간 드나들면서 한 번도 이곳이 사람들로 꽉 차 있는 것을 본 적이 없다. 보통 오전에 가곤 하는데 그땐 이용객이 거의 없다. 주 이용객인 학생들이 학교에 있는 시간이어서 그렇다. 오전 3시간가량 이 작은 도서관 이용객은 오로지 나 혼자일 때가 많다. 나이가 지긋한 사서 한 분이 계시는데 종종 내게 커피도 타서 가져다주곤 하

정직한 노래 An honest song, 2019, acrylic on paper, 25×19cm.

신다. 작업을 하거나 책을 읽다가 점심때가 되면 짐을 챙겨 나서는데 사서는 "선생님, 점심 드시고 또 오실 거죠?" 하신다. 나는 보통 학생들이 와서 번잡스러워지곤 하는 오후 시간은 잘 이용하지 않는다. 내가 "아니요. 오후엔 다른 일이 있어 못 올 거 같은데요" 했더니 아쉬운 표정을 하신다. 사서가 나를 선생님이라고 부르는 것은 내가 책 몇 권을 낸 작가라는 것을 알게 되어서이다. 도서관에서 진행하는 각종 프로그램들이 있는데 이곳은 이용객도 적지만 선생님을 구하기 어려운 것도 마찬가지여서, 간혹 내게 뭔가 부탁하기도 하셨는데 나는 번번이 자격이 안 된다며 거절을 해서 미안한 마음을 갖고 있기도 했다.

나는 종종 도서관에 책을 신청한다. 어떤 때는 30여 권(도서관 사서가 오! 이렇게나? 하며 매우 놀람. 그러나 신청자가 거의 없는 관계로 귀찮아하는 기색 없이 다 받아 적어두심)을 신청했는데 책이 오면 책이 왔다고 친절히 연락을 주신다. 이 작은 도서관은 정말 작아서 책이 그리 많지가 않다. (작은 책방보다도 더 책이 없다.) 해서 나는 일부러라도 이곳 서가의 책의 양을 늘릴 요량으로 책의 리스트를 만들어 신청하기도 한다. 신청 목록에는 읽고 싶은 책들도 있지만 이것저것 이미 읽었거나 집에 소장하고 있는 책도 여러 권이 포함되어 있곤 했다. 한번은 얼굴에 철판을 탁! 깔고 신청 목록에 내가 낸 책들을 몇 권을 포함했다.

"아니. 아직 이 책이 왜 없는 거죠?" 하면서.

배드민턴 클럽

배드민턴을 치러 면내의 중고등학교 체육관에 왔다. 나는 배드민턴을 이 나이(40대가 넘은)가 되도록 처음 쳐보는 것인데 배드민턴을 갓 치러 다니기 시작할 때의 일이다. 70대이신 한 어머니 회원님이 새로운 멤버인 내게 관심을 보이시며 이야기를 붙여오셨다.

"신입 회원인가봐요?"

"네."(긁적긁적)

"잘 왔어요. 어디서 배드민턴 쳤어요?"

"아니요. 처음이에요."

"오 그래요? 치는 거 보니까 아주 잘 치겠네요."

"오? 정말요?"(은근히 기뻤음)

"배드민턴에 한번 빠지면 헤어나오지 못할 거예요."

"오! 정말요?"

"내가 이 나이 되도록 안 해본 운동이 거의 없는데 유일하게 계속하고 싶은 운동이 이거예요. 근데 치고 싶어도 요즘 못 쳐서 답답해요."

"아니 왜요?"

"이 운동이 사람들과 함께하는 거라 무척 재미있지만 좀 과격해서. 지금 다리에 무리가 와서 못치고 있지요. 오늘도 이렇게 구경만 하고 있잖아요."

"아. 그렇군요."

잠깐 대화가 멈칫하다가 다시 그분의 질문이 이어졌다.

"근데, 농사지으세요?"

생각해보면 처음 보는 사람에게 이런 질문이 이 지역에서는 어쩌면 너무나 당연한데도 은근 나의 외양이 농부로 보이나? 라는 샐쭉한 마음이 순간 들었다. 하지만 또 뭐랄 수도 없는 것이 여름날의 나의 피부는 저 논밭에서 일하시는 농부님들과 별반 다르지 않은 종류의 컬러를 갖고 있다. 그리고 나의 작은 밭뙈기를 떠올리며 흠. 뭐 내가 밭농사를 짓고 있다고 할 수도 있지. 아니, 그것도 농사라고 말할 수 있는 걸까? 그렇다고 말하면 안 되겠지? 등의 생각이 스쳐갔다.

"아. 농사를 짓는다고 할 수는 없고요. 에. 그냥 그림 그려요."

"아! 화가로구먼."

양평엔 화가와 같은 예술가 양반들이 곳곳에 많이 있어서일까, 화가라는 직업에 대한 특별한 거부감 같은 것이 다른 지역에 비해 덜한 것은 사실이다.

"네. 뭐. 그렇죠."

"내가 아는 화가들 무척 많은데."

하시면서 자신이 아는 화가들 이름을 내가 아는 이름이 나올 때까지 나열하셨다. 대부분이 그 어머님 회원 분과 같은 나이대이신 원로 화가들 이름이었다. 내가 몇몇 분 이름이 나왔을 때 안다고 하자 무척 반가워하시면서 자신의 집에 자주 놀러온다고 자랑스럽게 말씀하셨다. 자신은 예술가는 아니지만 어쩌다가 화가들과 친분을 갖게 되었는지 사연을 구구절절 이야기하셨다. 이후 이러저러 자신의 주변 이야기들을 언제 끝나려나, 할 정도로 늘어놓으시다가 문득 뭔가 떠올랐다는 듯 말씀하셨다.

"근데, 좀 이상한데…… 화가들은 운동을 정말 싫어하던데."

"네…… 뭐 대체로 그렇겠죠. 저도 좋아한다고 할 수는……"

"근데, 아닌데. 운동을 꽤 잘하는 사람처럼 보이는데?"

"하하…… 아니에요. 그렇게 보이다니……"(이거, 놀랍군요. 아마도 구릿빛 피부 탓?)

"어쨌든 내가 아는 화가들은 모두 다 정말 운동을 싫어해."

'화가들은 운동을 싫어한다'는 명제로 그분과의 대화는 얼추 마무리가 되었다. 뭐 굳이 말하자면 나도 역시 그분의 말대로 화가여서인지 운동을

진짜인그순간

진짜인 그 순간 The real moment, 2015, acrylic on paper, 25×19cm.

좋아하지도 즐겨하지도 않는다. 40대가 훌쩍 넘어가니 운동을 가끔이라도 해야만 한다는 몸의 소리에 조금쯤 반응을 해주는 것이라고나 할까. 암튼 그분은 '화가인데 정기적으로 운동을 하러 다니다니! 아무래도 수상한데'라는 의심을 거둘 생각이 없는 것처럼 보였다.

갤러리노

　우리에겐 직함을 부르는 문화가 있다. 특히 어느 정도 나이가 든 어른이 되어 만나는 자리에선 당최 이름을 부르지 않는다. 사람 사이의 관계 맺음에 있어 편리하라고 만든 것이 이름일 텐데 우린 어쩌다가 이름을 잃고 직함을 부르는 것을 선택했을까. 그것이 더 편한 지점이 있는 것일까. 개똥이, 말똥이 등 자신의 이름이 불리는 것에 대한 혐오가 있는 자들이 만들어낸 문화일까. 이름은 자신이 짓지 못하고 물려받는 것이고, 직함은 대개가 자신이 만든 사회적 위치이니까 말이다. 어쨌든 우리는 이름보다 직함을 부르는 것에 더 익숙하다. 사장님(길에서 만난 어느 정도 나이가 있는 남자에겐 무조건 사장님이라고 부르면 별 무리가 없을 정도로 가장 흔한 직함이 아닐 수 없다), 그에 따른 사모님, 부장님, 실장님, 과장님, 소장님, 계장님, 원장님, 대표님 등등. 직업이 없거나 직업을 잘 모르면 누구 엄마,

누구 아빠가 된다. 또 그것으로도 불림이 부족한 위치의 사람은 누구네 삼촌, 누구네 조카, 누구의 며느리, 누구의 시어머니로 불림을 받는다.

이 호칭들엔 대상에 대한 사회적 위치를 알려주는 정보가 우선이기도 하지만 관계가 엮여 있다. 누군가에 대한 이야기를 할 때 자신과 접점이 닿아 있는 지점까지 찾아들어가기 위해 온갖 관계의 정보를 총동원한다. 그러다보니 지연, 학연, 인맥 등의 씨줄 날줄을 엮어야 한다. 엮고자 한다면 안 엮이는 사람은 없기도 할 것이다. 그러나 애매하게도 잘 엮기가 힘든 사람이 있는데 이곳에서의 나 같은 부류의 사람이다. 그들이 보기에 나는 학연, 지연 등이 없는 외지에서 들어온 이방인이고, 게다가 누구의 부인도 엄마도 아닌데다가 이곳에서 어딘가에 적을 가지고 직장생활을 하거나 경제활동을 하는 사람도 아니다. 언제나 경계면에 있어 보이는 예술가를 노는 사람인지 일을 하는 사람인지 잘 판단하기 힘든 직업이라고 보는 것 같고, 게다가 혼자 사는 미혼인 여성이다. 그러다보니 이곳에서 만난 그들에게 뭐라 호칭하기 난감한 존재이기도 할 것이다.

배드민턴 클럽이나 요가 수업을 다니게 되면서 마을에서 만난 여러 사람들과 나름 친분을 쌓을 수 있게 되었다. 나 역시도 이곳에서 만난 마을 사람들의 이름을 가까운 이웃 몇몇 분들 빼고는 거의 모른다. 이런 문화 속에서는 사람의 이름을 알게 되려면 상당히 시간이 걸리거나 제법 친해져야 한다. 이름까지 꿰고 있으면 상당히 그 사람에 대해 많이 알게 된 것이 거의 틀림이 없다.

누군가에게 말을 걸 때나, 그 사람에 관한 이야기를 나눠야 할 때 이야기를 나누는 무리에서 모두 다 알아듣기 편한 호칭을 써야 한다. 그들이 뭐하는 사람인지, 어느 관계망에 놓인 사람인지 알아야 수월하게 대화를 이어나갈 수 있다.

지금 내가 속해 있는 배드민턴 클럽에는 이런 호칭으로 불리는 사람들이 있다. 양계장, 순댓국, 노래방, 철물점, 펜션, 누룽지(음식점 상호), 막국수, 포클레인, ○○원(장애인 시설), 수박, 아스파라거스, 인삼 등. 상인들인 경우는 업종이나 상호로, 직장을 다니는 경우는 회사나 시설 이름, 농부인 경우는 농작물 이름으로 불린다.

이 호칭들의 활용은 대개 이런 식이다.

"어이, 이번 게임엔 노래빙이링 철물점이랑 같이 한 팀을 하지그래."

"오늘은 막국수 아저씨 안 나오시나?"

"누룽지는 노상 술을 마시는 모양이야."

"양계장은 왜 이렇게 항상 늦게 와."

"요즘 포클레인은 일이 좀 많나?"

"○○원에 다니는 그 녀석은 요즘 도통 얼굴이 안 보이네."

"○○ 할아버지는 요즘 아르바이트한다며?"

"○○네 들어온 며느리가 우즈베키스탄 사람이라며?"

"수박은 요즘 수박 철이라 아주 바쁜가보네."

내가 배드민턴 클럽에 다니기 시작한 초기에는 어느 누구도 나를 호명하지 않았다. 그들 다수는 나의 이름도, 나이도 모른다. 알기에는 아직 친분이 쌓이지 않았고 그래서 뭐라 호칭해야 되는지 정해지지 않았기에 정확하게 나를 호명하는 이가 없었다. 내게 손을 흔들어 뭐라 부를까 하다가도 망설이는 모습도 종종 보았다. 그러던 어느 날, 내가 화가임을 알고 있고 성이 노씨임을 알고 있는 한 아저씨가 대뜸 나를 이렇게 불렀다. 뭐라 부를까 고심하시다가 용기를 내셨을 거라고 추측한다.

"갤러리노, 어제 왜 안 나왔어?"

"네?"

나는 순간 잘못 들었나 했다.

"갤러리노, 요즘 바쁜가봐."

"네…… 아…… 네…… 조금……"

'갤러리노'라는 호칭을 정확히 알아듣고 웃음이 터지려는 것을 꾹 참고, 묻는 질문에 어영부영 대답을 했다.

갑자기 오래전 일이 떠올랐다. 서울에서 살 때, 친구가 하도 종용을 해서 같이 스쿼시를 배우러 다닐 때의 일이다. 오전에 스쿼시장에 가야 했는데 이놈의 늦잠이 문제였다. 항상 늦는 내게 스쿼시 선생님께서 아침에 알람 전화를 주겠다고 하셨다. 그리하여 얼마 후 아침에 잠을 자고 있는데 전화벨이 울렸다.

"여보세요?"(음냐…… 음…… 비몽사몽)

"네. 스쿼시장입니다."

"네?"(음…… 아직 비몽사몽)

"스쿼시장이라고요!"

"네?…… 스쿼시 장?…… 스쿼시……장……"(아직도 잠이 덜 깸)

"스쿼시장이라니까요!"

"스쿼시 장? 스쿼시 장이 누구지? 아는 사람 중에 스쿼시 장이 있었나?"

"……"

나는 잠결에 '스쿼시장'을 마치 '앙드레 김'이나 '제임스 강' 같은 영어 이름과 한국 성을 섞어 쓰는 사람 이름으로 알아들었다. 그날 잠을 깨고 후다닥 달려간 스쿼시장에서 스쿼시 선생님이 나를 보자

"네…… 스쿼시 장이 바로 저입니다."

하시면서 폭소를 터뜨렸다.

암튼 다시 갤러리노 이야기로 돌아가서,

한 아저씨가 강력하게 계속 나를 '갤러리노'로 부르셨지만 '갤러리노' 라는 호칭이 다수의 입에 붙지는 않았는지 지금의 나는 그 클럽에서 주로 '미쓰노'로 불리고 있다. '갤러리노'에 이은 '미쓰노', 그것이 이 작은 사회 에서 나를 규정하는 그 무엇인 것이다. 뭐 당연히 '미쓰노'라고 불리는 게 좋을 리 없다. 그렇지만 뭐 틀린 말은 아니니 '그렇게 부르면 싫어요!'라며 정정하기도 뭐하다. 미쓰노=노처녀. 사실 너무 맞는 호칭일지도 모르겠

다. 끙. 호칭은 내가 정하는 것이 아니니 어쩔 도리가 없다. 물론 나보다 연배가 어린 사람들은 나를 그렇게 부르지는 않는다. 누나, 언니, 또는 선생님으로 부른다. 나는 '선생님'이라는 또 흔하디 흔한 이 호칭이 사실 더 별로다. 미쓰노인 건 맞지만 누구의 선생님은 아니기 때문이다.

중성적 인간

"성격이 원래 그러신 건가? 별로 노처녀 히스테리가 없어 보이세요."

어느 날 미용실에서 만난 한 분이 나와 대화를 나누다가 문득 이렇게 말했다. 노처녀 히스테리!라는 말을 정말 오랜만에 들어봤다. 히스테리란 말을 찾아보니 정신적 원인에 의해 일어나는 비정상적인 흥분 상태라고 한다. 노처녀는 당연히 시집을 가지 못한 나이든 여자를 뜻하는 말이다.

그러고 보니 노처녀들은 히스테리가 있다. 맞는 거 같다. 나도 가끔 히스테리를 부리는 여자를 만난다. 급격한 감정의 변화를 자주 일으키는 여자들은 만나면 감당이 안 된다. 이성적인 사람들은 그런 사람을 보면 사회관계에서 꼭 필요한 자기 통제력이 부족하다고 여기기 쉽다. 그것이 잘 안 되니 병증이라는 얘기까지 듣게 된다. 그러한 증상이 흔히 말하듯 호르몬 이상으로 인한 것일 수도 있고, 사회적으로 억눌려온 결핍된 감정이

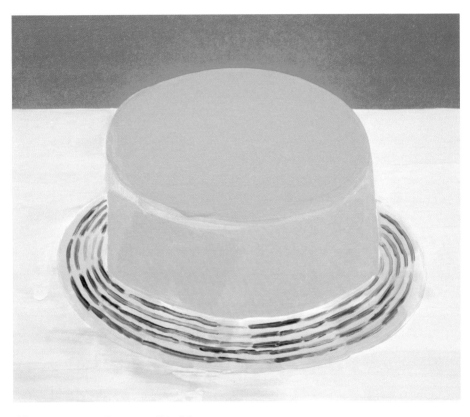

케이크 A grey cake, 2013, acrylic on canvas, 37.9×45.5cm

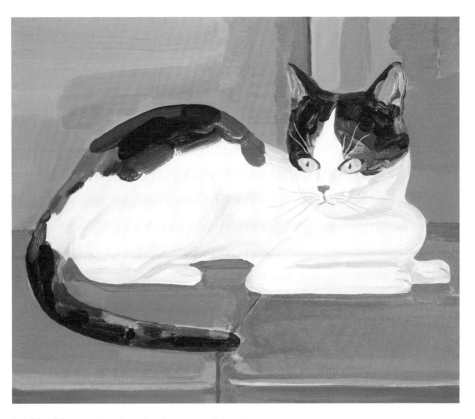

소파 위의 고양이 The cat on the couch, 2018, acrylic on canvas, 37.9×45.5cm.

증폭되어 일종의 자기방어의 표현으로 히스테리가 나타나는 것이기도 할 것이다. 원래 대체적으로 여성(혹은 여성스러움)의 이미지로 약하고 변덕스럽고 예민한, 이런 것들이 연상이 되기도 하니 여자란 동물은 그런 정체성을 갖고 있을지도 모른다. 그 부정적 측면이 뚜렷이 비쳐 보이는 위치가 노처녀일 수도 있겠다.

"좀 중성적이세요. 그래서 아마도 그런 게 잘 안 보이나봐요."

그는 노처녀 히스테리란 말의 자극성을 이어 중성적이란 말로 물타기 하려는가보다. (쳇, 둘 다 싫거든요!) 사실 나도 그 비정상적인 흥분 상태에 자주 간다. 하지만 그의 말처럼 중성적으로 보이는 나의 모습(태도)이 아마도 노처녀 히스테리와는 거리가 멀어 보이게 만들어준 데 일조하였을지도 모르겠다. 이러니저러니 해도 내가 노처녀인 것은 사회적으로 확실한 사실이다. 그리고 나의 성이 노씨이니 노+처녀임이 틀림없다. 어쨌든 나는 누군가에게 중성적으로 보이고, 히스테리를 좀 덜 부리는 것으로 보이는 노처녀이다. 그리고 덧붙이자면, 노처녀라는 말에 그다지 상처받지 않(으려 하)는 노처녀이다.

옆 마을에서 일어난 일

멀지 않은 곳에 살고 있는 한 지인은 여자이다. 그녀는 혼자 살고 있다. 예술가이긴 하지만 직업이 또하나 있어서 매일 출퇴근을 해야 하는 사람이다. 그녀의 이야기를 들으면 한적한 시골에서의 삶이 녹록지만은 않다는 것에 식겁할지도 모르겠다. 나 역시 같은 경험은 아니지만 비슷한 경우를 당했을 때가 떠오르며 아직도 불쾌하고 속상했던 감정이 스멀스멀 올라온다.

그녀는 이곳으로 이주를 한 지 3~4년 정도 되었지만 아침에 나가 저녁에 들어오니 이웃과 어울릴 시간과 여건이 안 되었다. 그 마을엔 그녀와 같은 외지인이 살고 있기는 하지만 드문드문 떨어져 있었고 그녀의 집 근처 몇 가구 안 되는 이웃은 대부분 토박이였다. 그녀는 이웃과 만나면 데면데면 목인사 정도만 나누는 사이로 지냈다고 했다.

어느 날 그녀가 집을 나섰는데 몇 집 건너 이웃에 살고 있는 것으로 추정되는 한 남자가 길을 막았다. 다짜고짜 그녀의 가는 길을 막은 그는 대낮인데 술을 엄청 마신 것 같았다. 그녀는 그에게 길을 비켜달라고 했다. 그러자 그는 여기가 네 땅이냐고 소리쳤다. 그녀는 두렵기도 하고 어이가 없어 길을 비켜주지 않으면 경찰에 신고하겠다고 했다. 경찰 애기에 흥분한 그는 그녀의 핸드폰을 빼앗아 땅에 내동댕이쳤다. 그리고 타지에서 들어온 외지인인 주제에 마을 일에 동참하지 않는다, 기르는 개가 짖는 소리에 잠을 못 자서 괴롭다, 며 그녀를 몰아세웠다. 그녀는 땅에 떨어진 핸드폰을 들어 112에 신고를 했다. 그러자 그는 그녀를 폭행하기 시작했다. 그녀는 맞으면서 경찰과 통화를 했다. 그녀의 마을이 꽤 외진 편이라 경찰이 출동하는 데 시간이 오래 걸렸다. 경찰이 도착하기 전 그녀가 폭행당하는 상황을 지켜보는 눈이 없지 않았다고 한다. 또다른 이웃 남자가 쳐다보고 있었고, 그녀가 처음 보는 어떤 남자도 멀지 않은 곳에서 이 상황을 지켜보고 있었다. 하지만 아무도 때리는 그를 말리지 않았다. 그녀가 도와달라고 청하자 그때야 안면이 있던 이웃 남자가 아닌 처음 보는 남자가 와서 행패를 부리는 그를 잡았다.

결국 그녀는 그를 경찰에 폭행죄로 신고하고 마을 이장이 나서 이 일을 중재하기에 이르렀다. 마을 이장은 술 취해서 행패를 부린 그를 아주 잘 알고 있었고, 그가 이 마을의 골칫거리라고 얘기했다. 마을에 말썽을 일으킨 적이 한두 번이 아니라고 했다. 자신이 혼내줄 테니 고소까지 하지 말고 용서를 해주라는 얘기였다. 그리고 덧붙여 이런 작은 마을에서 잘 살려면 이웃과 잘 지내야 한다고 충고했다. 이웃들과 먹거리도 나누고 자주 찾아가 얼굴도 보이고 하라고. 그녀는 자신이 이웃과 자주 시간을 가질 수 없는 상황을 설명했고, 이런 말도 안 되는 일을 당해서 가만히 있을 수 없다고 했다. 그녀는 마을 이장과 이야기하는 도중 자신이 피해자임에도 여전히 그들에겐 외지인일 뿐이고, 말썽을 부리고 골칫거리더라도 그는 그들이 감싸줘야 할 이웃이라는 사실을 깨달았다. 그녀가 당한 피해에 공감하기보다도, 그의 상황이 몹시 고단하고 처지가 딱하다며 동정심을 갖고 있었고 그 동정심에 무게를 더 싣고 있었다. 마치 범죄자 아들이어도 감싸줘야 하는 부모들처럼. 가족처럼.

오래도록 누구네 할아버지, 누구네 손자, 누구네 고모 등으로 불리며 서로가 잘 아는 적은 수의 사람들만 살고 있는 곳에서 이방인은 귀찮은 존재, 평화를 깨는 존재가 된다. 그래서 생겨나는 충돌은 어쩌면 그 누구의 잘못이 아닐 수도 있다. 그냥 일어나는 것이다. 누구의 잘잘못을 따지는 것도 어쩌면 무의미하다. 하지만 아픔과 상처가 생겨나니 슬픈 현실이다.

토박이라 불리는 그 이웃들과 잘 지내려면 새로 이주해온 자가 그들을 위협하지도 번거롭게 하지도 불이익을 주지도 않는, 그들에게 인정받는 사람임이 확인되어야 가능하다. 그 이후 이방인 딱지가 점점 흐릿하게 되었을 때, 어이…… 어디 사는 누구네, 로 불리며 비로소 서로가 편해질 수 있는 날이 온다. 시간이 좀 많이 필요하다.

결국 그녀는 행패 부리던 그 남자를 용서해주었다고 했다. 용서하고 싶지 않았지만 상황이 점점 더 그녀가 몹시 번잡해지는 쪽으로 흘러갔고, 그 마을에서는 그녀의 상황을 이해하고 편들어주는 이를 만나기 힘들었다. 이후 그 남자는 그 마을에서 사라진 건지 아니면 그녀를 피해 다니는 건지 그녀의 눈에 띄지는 않는다고 했다.

불안한 대화

마을의 몇몇 이웃들과 대화를 나눌 때 불안해질 때가 있다. 동물에 대한 이야기가 나올 때이다. 어느 날 가까이 지내는 이웃 중 한 분이 개구리를 잡으러 가자고 하신다. 또 어떤 날은 메뚜기를 잡으러 가자고도 하신다. 물론 나의 반응은 뜨악이지만 태연한 척 아…… 개구리요? 아…… 메뚜기요? 하고 글쎄요, 하며 머쓱한 눈길을 다른 곳으로 피할 수밖에 없다. 그리고 이리저리 눈알을 굴리며 핑계거리를 찾아보는데 그들도 바보가 아닌 바에 다시는 같이 가자고 하진 않는다.

어린 시절 메뚜기나 개구리를 잡아서 먹어본 추억이 있는 사람들은 메뚜기와 개구리가 얼마나 맛좋은지에 대해 그리고 그 채집 과정의 재미에 대해 흥분하며 이야기를 한다. 그런 경험이 없는 서울내기에게 너희가 그 맛을 어찌 알겠냐? 혹은 그 맛을 알게 되면 이런 시큰둥한 반응은 다시는 보이지 않을 것이다, 하는 식의 의지가 보인다. 이야기를 할 때 그들은 어린 시절로 돌아간 모습이다. 내 어린 시절, 학교 앞 떡볶이 가게에서 팔던 작은 플라스틱 접시에 놓인 몇 가락 안 되었던 떡볶이 맛과도 비슷한 비중의 추억의 맛이겠지, 하고 그들을 이해해보려고 한다. 그렇다고 그들을 따라 메뚜기를 잡으러 갈 생각은 없다. 더군다나 개구리를 잡아서 구워 먹을 생각은 절대 없다. 나는 그다지 음식에 대한 모험심이 없는 편이다. 그들의 추억을 이해하긴 하지만 이런 유의 대화가 길어지면 불안해지기 시작하곤 한다. 나는 그들에게 맞장구를 계속 쳐줄 의향이 없기 때문이다. 이런 이야기는 곧잘 동물에 대한 시각과 먹이에 대한 인식의 차이로 갑자기 분위기를 무겁게 만들곤 한다. 그들에겐 먹을 수 없거나 해롭다고 판단되는 야생동물에 대한 지나치리만치 심한 경계와 혹독한 잣대는 나로선 공감하기 힘든 부분이 있다. 그들은 밭에 나타난 들쥐나 두더지를 가차없이 죽인다. 배추에 붙어 있는 벌레는 그들의 눈에 띄는 즉시 세상에서 사라지게 된다. 밭을 갈 때 소독약을 치는 것은 물론, 이른봄에 과실수에 벌레 퇴치용 약을 뿌리는 것을 당연한 일이라고 여긴다. 산에서 살다가 먹이를 찾아 내려온 고라니나 멧돼지 그리고 까치 들에 대해서는 그들의 농작물에 피해를 주는 만큼 미워하며 그들과의 전쟁 준비를 한다. 그들에게 야생동물은 자신의 울타리에 들어선 안 되는 경계 대상, 심하게는 적일 뿐이다. 물론 모두 다 그렇진 않다. 내가 만난 나와는 다른 시각을 가진 몇몇 사람들이 그렇다는 얘기다. 우리는 모두 다양한 가치 기준을 가진 사람들과 함께 산다. 누군가는 불쌍히 여겨 먹이를 주는 동물을 누군가는 잡아먹는다. 또는 잡아먹기 위해 먹이를 준다. 누군가에겐 반려동물이 누군가에겐 먹이이기도 하다. 입장이 다른 것에 대해서 비난할 생각은 없다. 그저 그 다름을 상대도 알아줬으면 하는 바람뿐이다. 당신의 그 먹이가 누군가에겐 친구이기도 하다는 것을.

　내가 살고 있는 곳(집이 드문 내륙 산간 지역)이라고 해도 고양이(여기선 길고양이라기보단 야생 고양이)를 좋아하지 않는 사람이 없을 리 없다. 적어도 내게 티를 내기 때문에 나 역시도 알고 있다. 음…… 생각해보면 이 마을에서 나와 비슷하게 고양이를 좋아하고 돌봐주려는 사람은 드문 것 같다. 어딘가에 어떤 귀여운 할머니의 예쁨을 받는 애교성이 고양이들이 살고 있을 거라고 상상은 하고 있지만.

　나는 언젠가부터 고양이 문패를 떡하니 나의 집 대문 옆 울타리에 걸어놓았다. 하지만 부러 이런 식으로 고양이 좋아하는 사람이 이 집에 살고 있다고 알리지 않아도 모두들 알고 있다. 혹은 고양이가 살고 있다는 것을. 산과 들로 돌아다니던 야생 고양이들이 종종 밥을 먹으러 내 집 정원을 들락거리는 것을 목격했을 것이다.

　한번은 '짐승'(그분의 표현대로라면 사람 빼고 다)이라고 불리는 거의 모든 것을 싫어한다는 한 이웃이 내게 와서 말했다.

　"고양이들이 우리집 정원에 와서 똥을 싸고 갔어요. 이 우라질 놈들."

그걸 왜 나한테 얘기하는 거야? 라고 생각하며

"아. 그래요? 고양이 똥인 걸 어찌 아세요?"

라고 내가 되묻자,

"똥이 개똥보다 작아요. 게다가 사료를 먹은 똥 같던데."

라고 말하며 '흠. 네가 사료를 주고 있다는 것을 다 알고 있다' 뭐 이걸 티내고 싶은 듯 말을 하며 내 눈치를 살폈다. 동물 애호에 관한 논쟁은 의미 없다는 것을 오랜 세월 경험한 나는 마치 그 이웃에게 동의한다는 듯 말했다.

"아…… 그놈들! 우리집에 와서도 똥싸고 가요. 에이. 일거리 만들어주는 놈들, 저는 삽으로 퍼서 나무 밑에 묻어요. 퇴비가 되지 않을까 하고요."

그 이웃과 가깝게 지내게 되어 자주 이야기를 나누게 되었다. 야생 고양이 이야기가 나오게 되면, 나는 종종 고양이들이 나의 정원을 왕래하는 바람에 각종 설치류와 뱀 등의 피해로부터 도움을 받고 있다고 말하곤 했다. (사실이다.) 그리고 야생 고양이의 수명은 길어야 2~3년밖에 되지 않는다는 사실도. 그래서 그들의 개체수가 걱정하는 것처럼 무한히 늘 것 같지만 그렇게 그들에게 주어진 환경이 그다지 친절하지 않다고. 시간이 조금 흘러 그 이웃이 한번은 이렇게 말했다.

"참, 석미씨, 대단해. 야생 고양이 놈들한테까지 돈을 들여 거둬 멕이다니. 덕을 쌓는구먼."

나는 내 귀를 의심했다. 적어도 야생 고양이를 바라보는 이웃의 시선이 조금은 바뀌었다는 것을 알게 되었다. 기분이 좋았다. 그간 내가 나의 늙고 아프기도 하는 집고양이들을 식구처럼 보살피고 예뻐하는 모습을 봐와서일까. 그의 야생 고양이들에 대한 시선에 역시 나의 영향이 조금은 있지 않았을까. 그러니까 그들을 찬찬히 보니 나의 말대로 그다지 피해를 주는 동물이 아니구나, 라는 경험치가 만들어낸 결과이지 않을까 하고 흐뭇한 마음으로 짐작해본다.

또 한번은 어느 봄날, 다른 이웃을 만났을 때였다.

"아이. 이놈의 고양이들, 파종을 했는데 그걸 다 헤집어놨어요. 미치겠네."

나는 또 그걸 왜 나한테 얘기하는 거야?라고 생각하며

"아…… 그래요? 아…… 이놈들! 저의 밭도 다 망쳐놨어요."

라고 얼굴에 철핀을 띡 끼고 그분의 기분에 공감한다는 듯이 말했다. 그 이웃이 내게 원했던 반응이 아니라 죄송하지만 나로선 상생을 위한 한 방편으로 그런 식의 얼굴을 하는 수밖에 없었다. 그 이웃은 더이상 내게 고양이에 관한 불평을 늘어놓지 않았다.

어느 날, 나의 이웃들이 모여서 어쩌면 이런 애기를 나눌지도 모르겠다.

"저 위에 하얀 집에 사는 여자 있잖아. 아무것도 모르는 순둥인 줄 알았는데 아닌 거 같어."

"그지? 뭔가 여우 같은 구석이 있어."

흠…… 그래도 나의 이웃들에게 어느 정도 감사하다(는 마음은 알아주세요!).

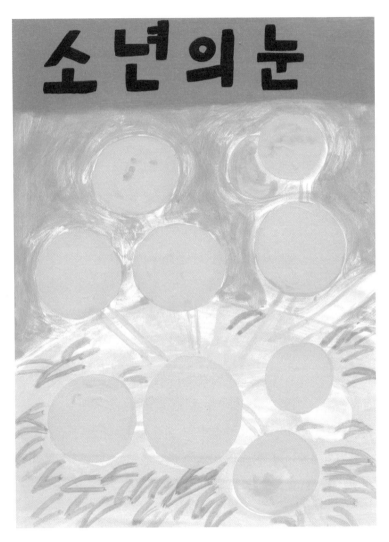

소년의 눈 Boy's eyes, 2012, acrylic on paper, 25×19cm.

삶의 고수

어린 소녀들은 낙엽만 굴러가도 까르르 웃는다는 말이 있다. 소녀는 까르르 웃는다. (소년은? 내가 아는 소년은…… 소리 없이 웃는다.) 하지만 안타깝게도 이곳에 없는 게 무엇이냐면 바로 소녀, 소년들이다. 그들은 학교나 편의 시설이 좀더 가까운 곳에 가야 만날 수 있다. 여기서는 소녀, 소년을 보려면 면내에 나가야 한다. 하지만 이곳에도 웃음소리는 있다. 농번기 때 나이가 좀 드신 아저씨들의 웃음소리를 들을 수 있다. 근데 나이가 든 아저씨들이 모여 있는 곳에선 으으하합�에에엑ㄲㄲㄲㄱㄱ(뒤로 갈수록 숨소리와 섞이면서 페이드아웃…… 아마도 좀 힘이 달려서?) 뭐 이런? 소리가 난다. (문자로 정확히 표현하긴 어렵네.) 물론 웃음소리다. 또, 제3의 성이라 불리기도 하는 아줌마들은 어떤가. 아줌마들이 모인 식당에 들어가면 정말 깜짝 놀라고 만다. 으카카카카…… 컥…… 도무지 흉내내기 힘든 소음이 바로 그녀들의 몸통 속에서 울려나오는 웃음소리다. 그것도 단체로 비슷한 음향을 낸다는 것도 신비롭다. (아줌마 비하 아님. 나도 아줌마임.)

어떤 화창한 날 창밖으로부터 들려오는 이웃들의 웃음소리가 정겹게 들린다. 밭일을 하다가 대낮부터 서로 모여 맥주 한 잔씩을 들이켜시면서 뭐가 그리 재미나신지 으하핳ㄲㄲㄱ…… 웃으신다. 나의 몇 안 되는 가까운 이웃은 귀촌을 하신 분들이 대부분이다. 농번기 때에만 밭일을 하러 내려오시는 소위 말하면 세컨드 하우스를 가지신 분들도 있다. 이곳에서 만난 이들과의 공유 지점은 바로 자연이다. 산과 밭과 개울이다. 이것들을 누리려는 게 바로 이들의 공통점이다. 그러다보니 이곳에서 만나 관계를 맺게 된 사람들은 서로 마주치면 대체적으로 즐겁다. 웃을 준비를 마치고 서로 마주친다. 그러지 않을 이유가 없기 때문이다.

"안녕하세요! 하하하."

"어이~ 어디 가요? 세상에 그렇게 바쁜 일이 있어요? 하하하."

"아직도 밭 안 갈았네요. 얼른 갈아요! 게으름 피우지 말고. 하하하."

"내일은 영하로 떨어진대요. 하하하."

"개울가에 놀러갈 건데 같이 갈래요? 하하하."

"먼으로 점심 먹으러 나갈 건데 뭐 사다드릴 거 있어요? 하하하."

"이거 좀 드셔봐요. 우리집 닭이 계란을 낳았어요. 하하하."

적당히 나눌 이야기가 있고, 개인적 문제들(이 없는 사람이 어디에 있겠

평범하고 멋진 Plain and fancy, 2014, acrylic on paper, 25×19cm.

는가)에 대해서는 굳이 이야기할 필요가 없는 정도의 관계이다. 이들이 모이면 웃기 위해 이야기를 나누는 것이 아닐까 하는 생각이 들기도 하는데, 멀리서 듣자면 이게 당최 무슨 소린지, 왜 웃는 것인지 알 수가 없기도 하다. 마치 소녀들처럼 스르륵 풀이 흔들리기만 해도, 꽃송이가 하나 떨어지기만 해도 옳거니, 웃을 일이다! 하는 식으로 웃어젖힌다.

어느 날, 오후가 되어 몇 이웃들이 이웃집 정원에 모여 앉아 엘에이 갈비에 17.5도 소주를 드시는데 함께하게 됐다. 60대 후반으로 보이는 아랫집 아저씨는 취하신 김에 뜬금없이 고백을 하신다.

"나는 내 아내를 존경하고 사랑해요. 다시 태어나도 내 아내와 결혼할 거예요."

그분은 취했고, 기분이 몹시 좋으신가보다. 불그레한 행복감이 따스하게 모두에게 전염이 되는 저녁이었다.

나는 종종 이들과 만나 이들의 선한 얼굴(적어도 이곳에선 선한 얼굴을 가지게 된다, 고 생각하곤 한다)을 들여다보고 살아내는 일들에 대해, 삶에 대해 뭔가를 알아야만 하는 게 있다면 그것들을 아주 많이, 높은 차원으로 알고 있는 게 아닐까, 라는 생각이 들곤 한다. 그러니까 그들은 삶의 고수이다. 내겐 행복하려고 준비된 자들이 삶의 고수로 보인다. 물론 세상에 떠들썩하게 알려지지 않은 나만 아는 고수. 어쩌면 이곳에서, 이런 환경에서만 만날 수 있는 고수들이다.

영감님들

자동차를 끌고 집을 나서는데 고개 너머 마을에 살고 계시는 듯한 영감님 한 분이 보였다. 그 영감님은 내 차를 발견하고 손을 흔들어 차를 세우시더니 차창으로 가까이 다가오셨다. 음. 나는 내게 뭔가 할말이 있으신가 해서 창문을 내리면서 창밖으로 얼굴을 내밀며

"안녕하세요."

라고 말하자 그 영감님은 흠칫 놀라시더니 말했다.

"아쿠, 남잔 줄 알았는데 여자네."

그때 난 짙은 남색 비니를 푹 눌러쓰고는 있었지만, 순간 할말을 잃었다.

"아…… 네…… 근데 무슨 일로……?"

"남자면 불 좀 빌릴까 했지. 아…… 미안해요."

그러곤 슝 하고 가던 길을 가셨다. 뭐지? 난 뭔가 쓸모없어서 버림받은

물건이 되어 상처받은 채 홀로 남겨진 것 같았다. 그래서 미용실을 가서 급히 파마를 하기로 했다.

'에잇. 아저씨보다는 아줌마가 돼야겠어!'

또 면내로 볼일을 보러 가는 길이었다. 집에서 차를 끌고 어느 정도를 달렸을까 또 어떤 영감님이 지방 도로 갓길에 서서 왼손을 흔들며 히치하이크를 하고 계시는 게 보였다. 혹시 아는 분인가 하고 차를 서행시키며 자세히 보려는 순간, 그분의 오른쪽 손에 들린 커다란 낫을 보게 되었다. 순간 브레이크에서 발을 떼고 슝 하고 액셀을 밟고야 말았다.

'영감님, 아무리 농촌이라지만 무서워서 누가 태워주겠습니까요?'

VERY
GREEN

집
과
길

왜 길 위에 있나요? 길에서 많이 배우니까요. Why on the road? Because I learn so much on the road., 2013, acrylic on paper, 25×19cm.

다시 봄

내가 뭔가로 힘들어할 때, 한 친구가 얘기해준다.

"지겨운 겨울이라고 생각해. 관계도 날씨도. 꼭 다시 봄은 온다"고.

그렇다. 다시 봄이 왔다. 긴긴 겨우내 닫아두었던 창문을 연다. 스멀스멀. 스멀스멀…… 모든 것들이 에너지를 만들어내는 소리가 들려온다. 그 소리가, 그 기운들이 창문을 통해서 들어온다. 나도 덩달아 기지개를 켠다. 아. 기분이 좋아진다. 인간은 존재감을 느낄 때 행복하다고 한다. 사실 존재감을 자각하는 순간은 드물게 일어난다. 왜 그럴까? 사는 게 바빠서? 불순한 나는 어쩌면 행복하다고 느끼는 감정이 자연스러운 것이 아닐지도 모른다는 생각이 스친다. 다시 창문을 닫는다. 일을 시작해야 하기 때문이다. 새롭고 신선한 에너지를 느끼면 하던 작업을 제대로 잘할 수 없다. 집중력의 지속을 위해 나는 어쩔 수 없이 다시 나의 정리가 잘되어 익

동굴Cave, 2015, acrylic on canvas, 112.1×145.5cm.

베리 그린 Very green 22, 2016, acrylic on paper, 28×38cm.

숙해진 굴속으로 들어가는 수밖에 없다는 것을 수차례의 경험을 통해서 잘 알고 있다. 환기는 더럽고 칙칙한 공기가 정화되는 잠깐 동안만, 쾌락의 순간엔 그 즐거움이 지루해지지 않을 수 있을 만큼 절제를, 소유도 그 그늘이 날 덮치지 않을 정도로만, 이라고 생각하면서. 그래 놓고선 또 생각한다. 에이 뭐야?! 뭐가 이리 복잡해! 어제의 나를 알기에 내일의 나를 예측하는 나이, 그래서 세상이 재미없는 어른이 되었기 때문인가? 어른이 된다는 것, 성숙해진다는 것은 세상의 이치를 조금 더 알게 된다는 것을 뜻할까? 잘 살고 있는 것일까? 우리는 도대체 왜 살고 있고, 무엇을 위해 살고 있는가? 좀더 알아지는 것이 과연 더 나은 것인가? 아닌가? 나는 주체적인 삶을 살고 있는가? 인간들은 대체로 주체적인 삶을 살고 있는가? 다른 생물체들은 무슨 생각으로 살고 있을까? 저기 저 풀은 자신이 풀임을 알고는 있는가? 저기 바쁘게 움직이는 이름 모를 벌레도 가끔 신선한 공기가 방해가 되기도 하는지? 봄이 와서 기분이 싱숭생숭해져서 괜한 잡념들로 투덜거려본다. 그래, 일하기 싫다고! 봄이잖아!

여름 라이딩

어쩌면 우리는 권태를 좇아 살고 있는지도 모른다. 권태롭다고 느낀다면 행복하다고 말해야 할지도 모른다. 그때 눈을 돌려 다른 곳을 응시하기만 할 수 있다면 말이다.

외로운 영혼이 넘쳐나는 길바닥에서 사람을 만나면 더 쓸쓸한 바람이 불기도 한다. 오랫동안 알아온 사람이 외로워할 때는 무엇을 해줄 수 있을까. 그가 자신의 어두운 공간의 빗장을 열고 통풍을 할 수 있도록. 다른 곳을 쳐다볼 수 있도록 해줄 수 있을까. 자신의 문은 자신밖에 열 수 없다는 사소하지만 냉정한 사실을 말하기에는 세상이 너무 누추하다. 입술에 부드러운 립글로스를 바르고 같이 분위기 좋은 카페에 앉아 담소를 나눠야겠지. 여름이 왔고(아, 여름! 이름만으로도 아직 설레는), 우리는 그렇게 조금씩 낡아가고 있다.

마을의 둑길이 새롭게 정비되면서 그곳으로 자전거를 끌고 라이딩을 자주 나선다. 개울 옆길을 따라 왕복 1시간 정도를 천천히 페달을 밟는다. 논을 지나친다. 옥수수밭을 지나친다. 수박이 익어가는 비닐하우스들을 지나친다. 나비와 꿀벌을 지나친다. 새들도 만난다. 새들은 항상 나의 속도보다 더 빠르다. 기다려! 해도 기다리지 않는다. 뭐냐? 너의 그 느린 속도는 봐줄 수가 없구나, 하는 것 같다. 역시 얄미운 것들. 그리고 저 거대한 초록색 산을 시간을 들여 지나친다. 가끔 멈춰 길가에 무더기로 핀 작은 꽃들을 본다. 베이지색 길 위에 지나가는 움직이는 작은 점들, 개미들을 보고 흐르는 개울물 소리를 듣는다. 뜨거운 여름 한낮에 농부들도 만나기 힘들다. 그들도 그 시간엔 일하지 않는다. 이 길엔 산책하는 사람도, 자전거를 타는 사람도 드물다. 여름 속을 나 혼자 자전거를 타고 지나간다. 자전거를 타면 기분이 좋아진다. 이어폰을 꽂고 음악을 듣는다. 어떤 음악이라도 좋다. 배경음악이 깔린 시간성 위에 초록색과 바람과 햇빛이 얹힌다. 내게 통풍의 시간이다. 비록 땀을 흘리고는 있지만 몸이 소독되는 것만 같다. 그러다가 아주 가끔 사람을 만난다. 혼자 걷거나, 개를 데리고 가는 사람도 있다. 그를, 그 개를 지나칠 때 "안녕하세요!"라고 인사한다. 걷던 사람은 흠칫 놀란다. 아마 이어폰을 꽂고 있어서 내 목소리가 생각보다 크게 나왔나보다. 개는 넌 누구냐? 며 나를 향해 짖어댄다. 그래도 여전히 상냥한 얼굴로 그들을 지나친다.

뜨거운 한여름 자전거를 끌고 나선다. 강력한 여름 햇살은 나의 머리에 어깨에 팔뚝에 뜨겁게 내려앉는다. 그리고 이렇게 말하는 것 같다. '그래, 어디 한번 잘 버텨봐!' 눈이 부시다. 어울리지 않아도 선글라스를 꺼내 쓴다.

매우 초록 Very green 01, 2017, acrylic on canvas, 181.8×227.3cm.

늦여름

늦여름은 말할 수 없이 처지는 데가 있다. 바캉스를 다녀온 후의 나른함 같은 서랄까. 여름에 어딘가를 다녀오지 못했어도 괜히 그런 기분이 들곤 한다. 온갖 벌레들은 아비규환이다. 이제 곧 끝이야~ 어쩌지? 어쩌긴 뭘 어째?~ 등등 합창을 해댄다. 그렇다. 늦여름이 가장 시끄럽다. 하지만 늦여름의 색은 아름답다. 깊고 깊은 성숙함의 색이랄까. 이른봄의 연두색도 예쁘지만 늦여름의 깊은 다크 그린은 아. 약간의 공포감마저 일어나는 감탄이 나오는 색이다. 깊은 바닷속과도 같은 색이다. 모든 것들이 열매를 맺고 익어간다. 그들의 변화는 색으로 완전해진다. 가을이 오기 직전 다양한 색들이 섞이면서 색의 향연이 시작된다.

나의 정원과 밭에는 해야 될 일들이 늘어난다. 이것저것 밭작물들을 수확해야 하고 정원의 잔디도 깎아야 한다. 막바지에 최선을 다해 자라나는 잡초들과의 전쟁도 이즈음 정점에 이른다. 수확한 먹거리들은 겨울에 먹을 수 있게 손질을 해두어야 한다. 그래도 노동에 지쳐 멈춰 설 때 바람이 불어 땀을 식혀주니 고마울 뿐이다. 씨가 여물고 곧 저무는 계절이 올 것이다. 모두 잘 가렴. 수고했어.

깊어가는 가을

가을이 왔다. 구름 한 점 없는 하늘은 청명하다. 하지만 지상의 자연에는 주근깨가 생긴 가을.

책 마감을 대략 끝내고 오랜만에 정원 한 귀퉁이에서 가을꽃을 꺾으며 일광욕을 한다. 시골에서 산다고는 하지만 늘 이런 여유를 누릴 수 있는 것은 아니다. 왜 그럴까. 자책을 해보곤 하지만 뭐 '일'을 해야 하기 때문이라는 매우 단순한 결론만이 눈앞에 떡 하고 대문자로 달려든다. 이래저래 가을이 깊어간다.

친구들이 놀러 와서 같이 점심을 해 먹고 면내의 초등학교에 낙엽이 예쁘다고 해서 같이 낙엽을 보러 갔다. 오래된 학교의 수령이 오래된 둥치가 굵은 나무는 다양한 색의 단풍과 함께 엄청난 양의 낙엽을 쏟아내고 있었다. 이 화려함은 죽은 무엇이라고 말하기 어려웠다. 초등학교 운동장의 고목에서 떨어지기 전의 잎사귀들 틈으로 어슴푸레 햇살이 스며들고 그 사이로 초등학생들이 뛰어다니는 것이 보였다. 좀 전에 수업이 파한 모양이었다. 하얀색 레이스가 달린 공주 옷을 입은 여학생도 보였다. 세상에나…… 여전하군. 어린 여학생에게 어떤 엄마는 여전히 레이스 달린 옷을 입혀 학교에 보내는 모양이었다. 문득 나의 초등학교 입학 사진이 떠올랐다. 그때 아무것도 모르는 동물의 눈을 한 나는 아마도 엄마가 공들여 입혔을 그런 프릴이 달린 갈색 원피스를 입고 있었다. 그 소녀가 지금은 학부모의 나이가 되었다. 물론 아이가 없으므로 학부모는 아니지만. 이제는 자주 만나지 못하는 어린아이들이 무척 생경하게 보였다. 세상엔 여전히 호기심 가득한 눈동자를 가진 어린아이들이 뛰어놀고 있었다. 갑자기 소음이 사라지고 나는 풍경으로서 그들을 지켜보았다.

밭에는 아직 늦은 열매들이 있다. 한여름보다 이런 시절에 열매들을 자주 따주면 수확량이 더 좋다고도 한다. 나름 안정된 날씨와 병충해에서 좀더 벗어난 시기여서 그렇다. 그리고 아무래도 곧 저물 때를 스스로 알기 때문이 아닐까. 들판에는 벼가 노랗다. 곧 그들에게 수확을 위한 트랙터가 들이닥칠 것이다.

나무들이 우수수 옷을 벗어던질 때 나는 얼른 옷을 주워 입는다. 곧 추운 겨울이 올 것이다. 나는 이 지는 가을 속에서도 여전히 어떤 문 앞에 서 있는 기분이다. 한 친구는 자신이 여자임에도 봄을 타지 않고 가을을 탄

11월의 산 November mountains, 2017, acrylic on canvas, 45.5×53cm.

다고 한다. 어! 정말? 거참 이상한데. 봄을 안 타는 여자를 별로 못 봤는데. 내가 이렇게 말하니 친구는 남성호르몬이 많나보지 뭐, 하고 냉랭하게 답한다. 이젠 나도 가을을 타는 것을 보니 혹시?

겨울 아침

내가 살고 있는 이곳은 양평의 동쪽 끝자락으로 집이 20채 정도가 있는 산속의 한 마을이나. 그렇나고 그렇게 오시랄 순 없는 게, 이자선 지방 도로에서 2~300미터만 들어오면 되기 때문에 꼬불꼬불 한참을 들어가야 집에 휴…… 하고 도착하는 곳은 아니다. 그러니까 도로 사정이 좋은 편에 속한다. 차로 서울을 드나들 때 시간이 거리에 비해 생각보다 많이 소요되지 않는 편이다. 이런 조건 때문에 거의 강원도에 가까움에도 불구하고 서울에서 내려오는 사람들이 늘어나고 있는 추세이다(라고 나를 비롯해서 마을 주변 분들이 생각하고들 있다). 그렇지만 자동차가 없다면 어딘가로 오가기가 상당히 불편한 곳임은 분명하다.

아침에 눈을 뜨면 창밖으로 여러 켜의 산과 논과 밭, 그리고 드문 집들이 작은 길과 함께 그 사이에 놓여 있는 것이 보인다. 그 길에 사람은 자주

눈이 온 뒤 After the snow 04, 2017, acrylic on canvas, 31.8×40.9cm.

눈에 띄지 않는다. 특히 추운 계절엔 더욱 그렇다. 우선 나부터도 차를 타고 나가지 않는 이상 밖에 싸돌아다니지 않는다. 이곳은 양평에서도 가장 인구밀도가 낮다고 말해지는 곳이다. 그나마 봄바람이 불어대야 사람들과 땅에 활력이 생기고 어…… 안녕하십니까. 올핸 뭐 심으십니까…… 등등…… 하는 소리를 들을 수 있게 된다.

그런데 얼마 전부터 아침에 일찍 일어나면 쪼르륵 하고 바쁘게 어딘가 향하는, 그러니까 차를 타지 않고 (아마도 버스를 타는 곳까지) 걸어서 가는 어느 아주머니의 뒷모습을 자주 볼 수가 있었다. 마을 분들의 이야기가 그 아주머니는 어딘가의 노인 병원으로 출근하신다고 했다. 나는 아직까지 이 마을에 새로 들어온 그 아주머니와 얼굴을 맞댄 적이 없었다. 이런 곳에서 살면서 어딘가로 내중교통을 이용해 매일 출근을 해야 한다면 몹시 불편할 것이다. 그래서 당연히 어딘가로 출근을 해야 되는 사람이 이런 곳까지 들어와서 살 리가 없다, 라고 모두들 생각하고 있는 바로 이런 곳, 이곳에서 매일 출근을 하는 아주머니가 발견! 된 것이다. 나의 마을에, 나로서는 본 적이 매우 드물지만, 면내로 나가는 하루에 네 번 정도 운행한다는 지역버스가 있기는 하다. 아마도 그 아주머니는 그 버스를 타고 어딘가로 이동을 하실 것이다. 어떤 사정이 있어 이런 곳에서 지내시는 것이겠지만 총총거리며 다니시는 그 모습을 지켜보는 일이 무척 생경했다.

약간의 눈이 내렸고 입김이 풍풍 쏟아져나올 만큼 추운 날 아침이었다. 사실 여긴 대개의 겨울 아침이 그렇다. 그날따라 나는 평소보다 일찍 일어났고 창의 블라인드를 걷자 이 겨울의 단조롭고 적막한 풍경 속에서 유일하게 움직이는 어떤 활력, 붉은 겉옷을 입고 어깨에 가방을 두르고 종종거리며 출근하시는 그 아주머니의 모습을 만났다. 이후 얼마간 내가 조금 일찍 일어나는 날이면 그 붉은 겉옷 아주머니의 출근하는 뒷모습을 보게 되었다.

창밖으로 움직이는 작은 붉은색 뒷모습을 지켜보다가 부엌으로 가서 나의 아침 커피를 만든다. 그분과는 달리 옷을 챙겨 입고 문을 나서 출근을 하지는 않지만 나 역시 나의 침상에서 일어나 어슬렁거리며 나의 작업실로 출근을 한다. 저녁이 되면 하루종일 세웠던 긴장감을 빼고 다시 나의 침상으로 돌아갈 것이고, 붉은 옷의 아주머니는 나도 모르는 새에 아마도 마지막 버스를 시간 잘 맞춰 탔다가 내려 종종걸음으로 이 마을로 다시 퇴근을 하실 것이다. 어쩐지 퇴근하는 그녀의 모습은 본 적이 없다.

얼마 후 그 아주머니와 그의 가족은 이사를 갔다고 전해 들었다. 잠깐 동안 어떤 사정으로 나의 마을의 어느 빈집에 거처를 갖게 되어 잠시 살다가 떠났다는 것이다. 나는 그 아주머니와 한 번도 마주치지 못했고 그래서 그 아주머니의 붉은 뒷모습만 알고 있다.

케이크Acake, 2012, acrylic on canvas, 53×45.5cm.

혼자 사는 삶

도시와는 달리 이런 작은 지역사회에서 노처녀로 그것도 혼자서 살아가기는 여전히 괴로운 측면이 있다. 소수 중의 소수이기 때문이다. 시골에는 이른바 결혼 가능한 젊은 여자가 없다(고 한다). 그래서 농촌 총각들이 급기야 외국 여성들과 국제결혼을 하고 다문화 가정을 꾸리는 일이 다반사가 되었다. 그렇다고 외국인 이주노동자 남성들이 한국 여성을 만나서 가정을 꾸리냐 하면 또 그건 드물다. 그 이주노동자들이 주로 머물며 거처하는 곳 역시 도시가 아니라 말 그대로 결혼 가능한 젊은 여자가 별로 없는 도시 변두리의 공장 지대거나 농어촌이기 때문이다.

한번은 면내의 60대 아주머니에게 궁금해서 물어봤다. (진짜 궁금했다.)
"왜 여기엔 젊은 여자가 없는 거죠?"

(내 참, 그걸 모르냐는 듯이) "젊은 여자들은 다 도시로 갔잖아."

"어? 왜요?"

"왜긴 왜야. 시골에서 살기 싫어서지."

"여기서 왜 살기 싫을까요? 그리고 전 시골로 시집오는 걸 여자들이 싫어한다는 얘기도 들었는데 그건 또 왜 그런 걸까요?"

(그걸 진짜 모르냐는 듯이) "내 참, 아니, 그걸 몰라?"

"……"(갸우뚱)

"그거야 여자들이 일하기 싫어서지. 여기 시골에서 살면 하기 싫어도 일을 해야 되니까. 아예 도망가는 거야."

너무 단호한 그녀의 대답에 약간 충격을 받았다.

"그럼 남자들은요? 님자들도 노동을 싫어하는 건 마찬가지 아닐까요?"

"남자들이야 물려받은 땅이라도 있지. 그리고 뭐, 해야지 뭐. 지들이 어쩔 겨?"

단순히 그녀의 말처럼 여성들이 노동을 싫어해서 탈농촌을 하는 것일까? 나는 그것보다는 농부의 '아내'로 사는 일에 두려움을 느끼는 것이 아닐까 하고 생각해본다. 차라리 '농부'로 사는 거라면 얘기가 달라질 수도 있지 않을까. 우리나라의 가부장 문화가 능동적인 농촌 여성, 즉 농부를 만들 수 없었던 것은 아닐까.

농촌의 결혼과 현실에 대한 이야기를 하다가 예의 60대 아주머니께서 대뜸 내 얼굴을 빠끔히 쳐다보며 물으신다.

"그나저나 미쓰노는 진짜 결혼 안 할 거야?"

(앞서 얘기했듯 나는 갤러리노에 이어 미쓰노가 되어 있다. 처음 들을 땐 기분이 좀 그랬는데 지금은 특별한 호칭으로 느껴져 괜찮다고 생각하기에 이름. 아무렴 어떠랴. 호칭은 내가 결정할 수 있는 것이 아닌데.) 이제 나와 이러저러 얘기를 나눈 사이라 느끼셨던지 평소에 내게 하고 싶으셨던 말(사실 미혼인 사람을 보면 할말이 그것밖에는 없는 것 같기도 하다)을 과감하게 던지신 것 같았다.

"아…… 예…… 전…… 어쩌다보니 못했네요……"

아. 이런 질문, 식상하지만 항상 해답을 갖고 있지 못해 고민이 되곤 한다. 아직도 듣다니 놀랍다는 생각도 들었다.

"네. 전 결혼을 하신 분들이 대단하다고 생각해요. 전 결혼이…… 엄두가 안 나더라고요."

나는 얘기를 마무리지으려고 했는데 갑자기 아주머니의 약간은 격앙된 목소리를 듣게 되었다.

"아니. 왜 결혼을 그렇게 생각해? 결혼을 하면 얼마나 좋은 게 많은데. 좋으니까 결혼을 하는 거야!"

"네? 아…… 네…… 좋겠죠……"

(점점 나는 비참해지려고 하고 있었다. 대체 그녀가 듣고 싶은 말은 무엇일까? 참고로 난 독신주의자, 비혼주의자 등 무슨 주의자 그런 거 아니다. 그저 결혼을 못했을 뿐이고, 못한 결혼에 대해서 비정상이라고 생각하지 않으려

는 것일 뿐.)

"그러니까 요즘 것들은 죄~다 희생정신이 없어. 희생할 생각을 안 하니까 결혼을 안 하겠다고 난리들이지."

나는 흥분하신 아주머니에게 뭐라 말씀을 드려야 할지…… 고민하다가 아차, 나의 본성을 드러내고야 말았다.

"네. 맞아요. 저도 희생정신이 없어요."

아주머니는 어이가 없는 표정으로 내 얼굴을 힐끔 보다가 더이상 할말이 없어지신 것 같았다. 그녀에게 죄송하지만 나도 이미 어느 정도 대화에서 상처를 받은 모양이었다. 갑자기 김이 팍 새게 대화는 단절되었다. 그리고 그녀에겐 말로는 표현하지 않았지만 속으로 혼자 덧대었다. '혼자 사는 거 별로 나쁘지 않은데. 혼자서 안 살아보셨잖아요?' 어쨌든 그녀와의 대화에서 얻은 교훈이라면 시절이 바뀌었다고는 해도 여전히 결혼이 무엇이냐에 대해서 세대 간, 성별 간 통합에 이르기 힘든 아노미 상태라는 거다.

또, 어느 날은 한 지인이 찾아와서 이렇게 묻는다.

"혼자서 이렇게 지내는 거 참 대단하신 거 같아요."

"뭐가요?"

"아니…… 그냥. 힘들지 않아요?"

"음. 글쎄요. 혼자 사는 게 쉬운 거 같은데."

"에?"

"쉽다고 생각해요."

"아니, 그런 뜻이 아니고……"(당황하심)

"단순하게 생각해서 여럿이 사는 게 더 힘들다고 생각해요."

그 지인은 더이상 내게 할말을 찾지 못했다. 아니 어쩌면 더이상 말했다 가는 무슨 일이 벌어질지도 모르겠다고 판단했을 수도 있다. 극단적으로 내가 그의 멱살을 잡는다거나, 그러니까 노처녀 히스테리. 뭐 그런 것들이 연상되어 공포를 느꼈을 수도. 물론 어디까지나 나의 상상이지만. 나의 태 도가 어떤 방어적인 행동이었다고 누군가 힐책한다 해도 아니라고 대답 하지 못한다. 나는 이런 질문이 지겨우리만치 익숙해 이제는 식상하기까 지 하다. 그래서 때론 질문을 던진 자를 골려먹고 싶은 심정까지 든다.

"여럿이 있다가 혼자가 되었을 때 편하고 행복하지 않으세요?"

"……뭐 ……그거야 ……그렇죠."

"그 상태가 유지되는 건데요, 뭐."

그가 이런 식으로 대화가 진행되리라는 것을 기대하지 않았으리라는 것쯤은 나도 안다. 하지만 내가 커플을 이루어 살고 있는 자에게 커플을 이루어 살고 있는 거 대단하다. 힘들지 않느냐, 라고 묻지 않듯이 역으로 그런 질문을 하지 않았으면 하는 의미에서 상대에게 노골적으로 뾰족해 지는 것이다. 나는 안타깝게도, 어찌 살아도 힘든 게 삶이라고 생각한다. 자신과 다르게 사는 사람을 소수자 취급하지 않기를 바랄 뿐이다. 그도 뭐 그다지 생각보다 다른 삶을 살고 있지 않으니까 말이다.

집

얼마 전에 만난 한 지인이 조만간 새집을 장만해서 이사를 간다고 했다. 생애 첫 자기 집이라고 했다. 그의 얼굴은 기쁨과 설렘 같은 것으로 상기되어 있었다.

나의 작업실 바닥 한쪽 부분은 물감이 뚝뚝 떨어진 시간의 켜가 쌓여 이미 엉망이 되어 있다. (잭슨 폴록의 추상화를 연상하면 되겠다.) 나는 이 작업실을 짓고 다른 곳은 몰라도 바닥에 꽤 돈을 들여 나무 마루를 깔았다. 종종 친구들이나 손님들이 방문하여서는 이 엄청나게 훼손된(?) 바닥을 보며 아유…… 비닐이나 뭘 좀 깔고 작업을 하지. 혹은 바닥이 이 지경이 되면 어떻게 해요? 다시 닦을 수는 없는 거죠? 등 마룻바닥 걱정을 해대는 일이 있다. 나는 계속 내가 이 용도로 쓸 건데 뭐 어떠냐고 말했지만 그들의 걱정이 가벼워지는 것 같지는 않았다. 나는 그 걱정의 원인을 알

내가 가진 것 All I had, 2015, acrylic on canvas, 24.2×34.8cm.

마루 위의 고양이｜The cat on floor, 2017, acrylic on canvas, 40.9×53cm.

것도 같다. 나도 남의 집 세살이를 오래도록 했기 때문이다. 전세나 월세 등 남의 집을 얼마간 빌려서 살 경우 집에 흠집이 날까봐 집을 모시고 살게 된다. (또는 자기 소유의 집에 산다고 해도 언젠가 매매하게 될 경우 그 집의 가치가 떨어질까봐 전전긍긍하기도 하는데 그 역시 자기 집에 살아도 자기 집에 사는 것이 아니다.)

곧 새집을 장만하게 될 예의 지인은 이제 벽에 못을 박을 수 있다고 했다. 걸고 싶었던 그림들을 많이 걸 것이라고 했다. 커튼도 해서 달 거라고 했다. 그게 그가 새집을 장만하게 되어서 가장 먼저 떠올리는 기쁨이었다.

집이라는 게 언젠가부터 재산으로만 매겨진 지 오래되었다. 집은 쓰임이 있는 것이다. 개인이나 가족 등 구성원의 용도에 따라 쉬거나 일할 수 있는 터전이 집이 아니던가. 그리고 사는 사람과 함께 숨쉬고 같이 낡아가는 것이 정상이다. 전세나 월세를 살아도 사는 동안은 그 사람이 대가를 지불하고 사는 그의 집이 아닌가. 계속 집주인, 건물 주인의 눈치를 봐야 하는 것은 부당하다. 어떤 집에서 어떻게 사느냐는 삶의 질과 몹시 관련이 있다. 값비싼 집에서 집을 모시고 사는 것이 질 높은 삶은 아니다.

목련

    이른봄에 탐스럽게 피는 목련이 아름다워 늘 언젠가 나의 정원에 심어야지 하다가 드디어 이번 봄에 자주색 목련 묘복을 하나 사다 심었다. 얼마간 고민이 되었던 것은 나의 정원이 그다지 크지 않기 때문이었는데, 목련은 나중에 굉장히 큰 나무가 된다는 것이었다. 그래도 집의 입구 오른편에 목련을 심고 나름 뿌듯해하며 물을 주었다.

    이번 봄에 목련을 사다가 심었다고 자랑삼아 마을 분들 여럿에게 말하자, 대부분은 이야기를 듣는 즉시 왜 목련을 심었냐고 얼굴을 찡그리셨다. 목련이 예뻐서 심었다고 단순하게 대답하자 한 분이 이렇게 말씀하셨다.

    "목련은 남의 집 담장 너머 구경하는 게 제일 좋아."

    "아니, 왜요?"

"아니, 그 이유를 몰라? 그 꽃나무는 질 때 아주 추해. 게다가 꽃이 오래 나 피나, 잠깐이지. 그리고 그 지고 나면 떨어진 커다란 꽃잎들…… 그거 치우려면 아유……"

꽃을 보는 기쁨은 아주 잠깐이고 나머지는 힘든 노동이 기다리고 있다는 것을 왜 바보같이 모르냐는 것이었다. 하지만 난 이미 목련을 심었고, 그분이 아무리 그렇게 얘기를 해도 목련을 심은 것을 후회하고 싶지 않았다. 애초에 정원에 무엇을 심고 가꾼다는 것은 하지 않아도 될 노동의 증가를 받아들이는 것이다. 그 노동의 대가가 바로 잠깐의 어떤 소유, 기쁨이다. 남의 집 담 너머 예쁘게 핀 꽃을 보는 게 현명하다는 식의 생각엔 약간 짜증이 났다. 그 남의 집이 나의 집이 되면 왜 안 되는가, 말이다. 어디에나 노쇠하고 지친 삶이 생각의 탄력과 생기를 잃게 만들고 오로지 '효율' 같은 단어로 삶을 각지고 메마르게 만드는 게 아닌지 씁쓸했다.

무화과Figs, 2016, acrylic on canvas, 50×60,6cm,

세계는 나의 세계 The world is my world, 2016, acrylic on paper, 25×19cm.

소중한 1인

사람에게 지치는 날, 과연 사람을 좋아할 수 있을까, 그들을 측은하게 볼 수 있을까, 웃어야 되는지 가만히 있어야 되는지 갈피를 잡지 못하는 상황들의 이어짐에 그래서 고민이 많은 날, 한 지인과 이야기를 나누다가

"사람이 언제 아름답다고 느끼세요?"

라고 내가 불현듯 묻자, 음…… 한참을 진지한 얼굴로 생각하던 지인은 이렇게 대답했다.

"혼자 있는 사람, 사람은…… 혼자 있을 때 아름다운 거 같아요."

그다지 기대하지 않았고, 예측하지도 않았던 의외의 대답이었다.

누군가와 꽤 진지한 대화를 나눌 때 반복되는 구절이 생긴다. 그 구절이 서로가 서로에게 해주고 싶은 말이다. 상대가 어떤 이야기를 반복하는 것처럼 느낀다면, 음…… 저 친구가 내게 저 얘기를 해주고 싶은데 내가

못 알아듣는구나…… 하고 생각하면 될는지도 모른다.

우리는 대화를 나누고 싶다. 하지만 사실 거의 혼잣말을 하는 경우가 많다. 마음속에 내내 갖고 있었던 어떤 이야기를 적당한 상대가 나타나면 펼치게 되는데 그것을 잘 알아주는 대화 상대를 만나는 것은 즐거운 일이다. 그래서 우리는 술 한잔을 사이에 놓고 서로가 그간에 하고 싶었던 얘기들을 펼쳐놓는다. 때론 서로 비슷한 처지라서 깊이 공감을 하기도 하지만 왜 저런 생각 따위를 품고 사는 거지? 쳇…… 하며 이해하지 못하기도, 또는 그의 말소리가 공연한 염불 소리처럼 귀 끝을 살짝 스칠 뿐 저멀리 사라져버리기도 한다.

대체로 바빠진 우리는 다양한 사람을 만날 자신이 없어진다. 그럴 만큼이 충분한 에너지가 없다. 사람과 만나 대화를 통해 얻고 싶은 것만을 얻어 가고 싶다. 자신의 처지와 비슷하여 서로의 이야기에 상충됨이 없이 스르르 자연스럽게 서로가 서로를 이해하고 다독일 수 있는 사람만을 만나고 싶어진다. 그간의 여러 경험을 통해 불편해질 것이 예견되는 만남은 피하게 된다. 그러니 점점 더 만날 상대가 적어지고 대화라는 것도 피상적이 될 뿐이다. 진지한 대화는 서로에게 갖는 호감 없이는 불가능하다. 상대를 좋아하거나 궁금해하거나 해야 한다. 좋아하지도 궁금하지도 않은 상대에게 어떤 반복 구간을 들어야 한다면 고문이 따로 없을 것이다.

호감을 갖고 있는 그녀에게 나는 질문을 한다. 그녀에게 어떤 위로를 바

높고 높은 풀 위로 High above the grass , 2014, acrylic on canvas, 33.4×45.5cm.

란 것도 아니다. 나와 공통된 의견을 가졌을 거란 생각도 하지 않았다. 그저 그녀는 그녀만이 알고 있는 뭔가 특별한 해답을 갖고 있을 것만 같아서 혹시나 해서 질문을 던져보았다. 나는 그녀의 말을 갖고 집으로 돌아왔다. 혼자 있는 사람이 아름다워 보이는 이유는 무엇일까. 그 무엇과도 비교되고 있지 않아서일까. 음. 그러고 보면 혼자일 때 아름답지 않은 것은 또 무엇일까 싶다.

여전히 나는 삶의 질에 대한 생각을 하곤 한다. 누구나 질 높은 삶을 추구한다. 그것은 단체가 아닌 개인이 보여야 되는 삶이다. 소중한 1인으로 대접받는 삶. 무리 중의 하나로 인식되는 순간 불쾌감은 시작되며 존재의 소중함을 잊게 된다. 인간의 욕망은 언제나 소중한 1인이 되는 것, 그러나 사회는 쉽게 그것을 용납하지 않는다. 왜냐하면 우리는 너무 많은 1인들이기 때문이다. 그리고 우글우글 모여 살고 있기 때문이다. 모여 산다는 것은 서로 나눠야 한다는 것인데 그게 잘되지 않는다. 그리하여 서로가 서로를 불편해하며 급기야 미워하며 증오하게까지 된다. 무수히 많은 수의 사람들이 모여 살면서 삶엔 등급이 매겨지고 행복의 질조차 카테고리화된다. 새로운 등급이라 여겨지는 자들과 친해질지 말지 결정할 때 계산기를 꺼내들어야 한다. 또는 저 무리에서 분리되어 대접받는 소수가 되려고 노력하며 많은 것을 투자하기도 한다.

혼자 있는 사람, 이 아름답게 보인다면, 그 아름다운 모습이 무리 속에서 살아야 되는 숙명을 가진 우리에게 판타지이거나 찰나여서일지도 모르겠다. 하지만 각자의 방문을 닫으면 누구나 다 소중한 1인이다.

베리 그린(Very green; 매우 초록)

　드라이브를 간다. 시간의 여유가 있을 때는 아침부터 부지런을 떨어 저 멀리 동해까지 가서 바다를 한번 휘 둘러보고 오기도 하지만 잠깐의 시간밖에 낼 수 없는 때는 집에서 그리 멀지 않은 곳으로 길을 나선다. 친구가 놀러 와서 함께 갈 때도 있지만 나 홀로 길을 나설 때도 있다. 내가 살고 있는 곳이 경기도 양평의 동쪽 끝자락이다보니 강원도가 그다지 멀지 않다. 친구들은 놀러 와선 여기가 어디 경기도이냐, 강원도라고 말해라 하고 종용하기도 할 정도이다. 경기도와 강원도 접경지다보니 산들이 많다. 경기도의 아담하고 동글한 산과 강원도의 뾰족하고 크고 우렁찬 산의 경계쯤으로 보이는 산들이 즐비하다. 내가 주로 하는 드라이브라는 건 그 산들 사이로 난 작은 지방 도로를 천천히 달리는 것이다. 산과 논, 밭, 작은 개울, 조금 큰 강, 그리고 드문드문 집들이 놓여 있다. 어딜 가나 이것들의 순

베리 그린 Very green 시리즈, 2016, acrylic on paper, 각 28×38cm.

열 조합이다. 하지만 어디를 가나 다르다. 계절마다 다르다. 날씨마다 다르고, 내 마음 따라 다르다. 그러니 질릴 수가 없는 풍경이다. 적당한 곳에 차를 세우고 그 풍경 속으로 들어간다. 혹은 그 옆에 가만히 서 있기도 한다. 이곳에서 산을 많이 그리게 되었다. 언제나 산을 그리고 싶었는데 어느 날 산을 그리고 있는 나를 깨닫는다. 봄, 여름, 가을, 겨울 어느 계절이나 다 유니크하고 아름답다. 특히 여름의 산길을 드라이브하다보면 거대한 초록색이 뚝뚝 내게로 떨어지는 것만 같다. 매우 초록. 그 쾌감은 엄청나다. 길들에는 거의 인적이 드물다. 도의 접경 지역들은 대개 그런 것 같다. 지형이 험하고, 사람이 모여 사는 면내 같은 거점 지역으로부터 거리가 있다. 사람이 귀하게 보이고 그만큼 훼손되지 않은 자연을 만날 수 있다. 그렇지만 가까이 사람들이 만들어낸 자연도 멋지다. 작은 집들, 일하고 있는 농부들, 축사 등과 함께 인삼밭, 옥수수밭, 보리밭 등이 드넓게 펼쳐진 논과 함께 잘 어울려 있다. 거기에 작은 강, 작은 길 등이 조화를 이루어 풍경을 만들어낸다. 그 길에 작은 트럭이 털털털 하고 지나가기도 한다. 내가 갖고 있는 네모난 틀 안에 잘 넣어보려고 하지만 항상 내 세계는 그것에 비해 초라하다.

아름다운 것은 이미 가장 유용하다.Beautiful things are already most useful., 2018, acrylic on paper, 25×19cm.

오두막

이웃 분들과 함께 돼지고기 목살구이에 술을 마셨다. 내가 수고하신 이웃 분들께 한턱(이라고 하기엔 너무 소박하게) 내는 자리였다.

지난 추석 때 나의 집을 방문한 남동생과 함께 밭 옆에 작은 오두막 겸 농사용 창고를 짓기 시작했다. 제대로 된 장비 하나 없으면서 무작정 우리 손으로 만들어보자며 황당해하는 남동생을 종용했다. 나의 막무가내 정신이 만들어낸 일이었다. 오래전 남동생이 나의 집을 방문해선 돌아다니던 자투리 나무들로 뚝딱하고 우편함을 만들어내는 솜씨를 보고 '이 녀석, 목수 자질이 있구먼' 하고 생각해두었던 터라 언젠가 부려먹어야지 하고 나 혼자 음흉한 속내를 품고 있었다. 추석에 가족이 모여 아버지 납골당을 다녀온 후 납골당과 그리 멀지 않은 나의 집을 방문하기로 했다. 이때가 기회다 싶었던 나는 명절 전에 미리 창고를 지을 자재들을 주문해놓았다.

남동생은 직업군인이며 가족을 꾸려 전라남도 광주에서 살고 있다. 그래서 이제는 1년에 두 번, 명절에만 만나는 먼 가족이 되었다. 이 먼 가족을 오랜만에 이용해먹을 생각으로 잔뜩 흥분한 나는 남동생이 오기도 전에 내가 구한 각종 창고 짓기에 관한 자료를 메시지로 보냈다. 이러저러한 것을 지을 예정인데 네가 참고했으면 좋겠다. 너라면 잘할 수 있을 것이다. 우리 함께 잘 만들어보자고 의욕적인 메시지를 보냈다. 말수가 별로 없는 마초 스타일의 남동생은 나의 긴 글과 각종 자료 남발에 대고 한마디 답변을 보내왔다.

"알았어. 그만 보내."

이렇게 해서 오두막 셀프 창고 짓기가 시작되었다. 그런데 남동생의 짧은 휴가 일정으로 인해 뼈대만 만들고 남동생은 군대로 복귀해야만 하는 시간이 왔다. 같이 땀을 뻘뻘 흘리고 산모기에게 헌혈을 해가며 작업을 했는데 완성을 하지 못하고 돌아가야 하는 일에 대해 남동생은 자기 일처럼 아쉬워했다. 그리고 남은 일들을 저 엉뚱하고 용기만 가득한 어처구니없는 누나가 해낼 수 있을까 하고 걱정하며 돌아갔다. 특히 지붕 마감을 할 때는 한 손에는 핸드폰을 들고 하라고 충고를 해주었다. 만약 낙상을 하게 되면 119를 부르라는 얘기였다.

추석 연휴가 끝나고 여러 바쁜 일들이 있었다. 그리고 친구들과의 여행 약속도 있었다. 짓다 만 오두막은 내팽개쳐놓고 여러 일정을 보고 돌아오니 어느덧 9월 말. 쌀쌀한 바람이 불고 모기는 사라졌다. 다시 오두막 짓는 작업을 마무리해야지 하고 혼자서 뚝딱뚝딱 매우 느린 속도로 작업을 하면서 후아. 내가 미쳤지. 이걸 내가 사람도 안 쓰고 할 생각을 하다니. 정말 나는 어처구니가 없구나 하며 이 일이 올해 안에 끝날 수 있을까 땀을 흘리며 자조하고 있을 때 이웃 아저씨가 자신의 공구들을 들고 오셨다.

이웃 아저씨는 전직 목수였다고 한다. 아니 이걸 혼자서 어떻게 해요, 하며 적극적으로 일을 도와주시기 시작했다. 얼마 후, 아유. 내가 조수를 해야쓰겠구먼 하시면서 또다른 이웃 아저씨가 오셨다. 한 분은 60후반, 또 한 분은 70대 초반으로 이곳에서 만나 서로 형님 아우 하시는 사이시다. 나는 이웃에게 도움을 잘 구하지 않는 편이다. 이런 형편에 살면 사실 도움받을 일이 매우 많다. 게다가 나는 여자이고 혼자 사는 사람이니 더 그렇기도 하다. 하지만 어지간한 일에 나는 도움을 요청하는 편이 아니다. 이웃에게 도움을 요청하는 일은 상당히 부담스러운 일이기 때문에 차라리 외부에서 돈을 주고 사람을 쓰면 쓰지 아주 사소한 일로도 도움 요청을 잘 하지 않는다. 그게 도리라고 생각하고 그래야 이런 곳에서 살 수 있기도 하다고 늘 생각해왔다.

아니에요. 혼자 할 수 있어요, 라고 말하고 싶었지만 지붕 자재를 올리는 순간, 이것은 혼자 할 수 있는 일이 아니라는 생각이 들었다. 그리고 남동생이 농담처럼 한 말, 정말로 한 손에 핸드폰을 들고 있어야 되는 거 아닌가 하고 멍하게 암담함이 밀려올 무렵 이웃 아저씨들이 오신 것이다. 그

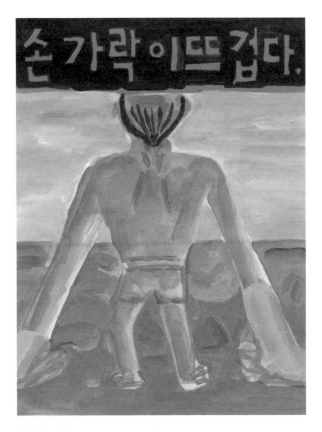

손가락이 뜨겁다. The hot fingers., 2015, acrylic on paper, 25×19cm.

분들이 지붕 올리는 것을 도와주셨다. 무거운 창호를 들고 창문자리도 만들어 주셨다. 더욱이 그들은 친절하게도 나의 의중을 아시고 내가 할 수 있을 것이라 생각되는 마무리 작업을 남겨두고 몸에 잔뜩 묻은 먼지를 털고 자신의 공구를 챙겨서 돌아가셨다. 나는 고마움에 저녁에 고기랑 술 같이 드세요, 하고 자리를 만들겠다고 하니 내가 사온 고기와 술로 이웃 아주머니가 상을 차려주셨다. 샤워를 하고 아직 다 마르지도 않은 젖은 머리에 집구석에서 편하게 입는 몸뻬바지를 입고 이웃 댁으로 갔다. 그분들과 같이 술과 함께하는 저녁을 먹으면서 문득 나의 차림새를 그리고 그들의 차림새를 보게 되었다. 모두 마치 한 가족처럼 편한 차림새였다. 저녁을 먹고 있는데 이웃 분들이 자주 보는 드라마가 할 시간이 되었다. (어르신들은 역시 저녁 시간대 드라마를 보시는 모양이다.) 밥과 술을 먹다 말고 드라마를 보셨다. 가족이 아닌 자들이 모여 마치 가족처럼 편안한 오후를 보냈다. 집에 돌아와 나는 나의 침상에 노동으로 인해 그리고 알코올로 인해 노곤한 몸을 누였다.

그렇게 해서 대충 완성된 오두막을 나는 세컨드 하우스라고 떠벌리기 시작했다. 나의 친구나 지인들이 방문하면 오두막에 꼭 들어가보길 권한다. 오두막의 크기는 1.5평으로 매우 작고 높이도 가장 높은 곳이 180센티미터로 매우 아담하다. 문은 키가 160센티미터 정도여서 그곳을 드나들려면 대체적으로 모두 구부정한 자세를 취해야만 한다. 오두막은 너무 귀여우리만치 작아서 그곳에선 사람이 무척 커 보인다. 마치 그림책에 나오는 집과 사람의 비례감을 준다. 나는 방문자들 대개가 도시인인 그들이 마치 동화 속 주인공이 된 것 같은 착각에 빠져 있는 모습을 촬영하곤 한다. 농사를 짓는 때에 잠시 쉼터로, 또 각종 농사용 자재나 잡다한 것들을 넣어놓을 요량으로 만들어진 오두막은 사실 관광객용으로 더 활발하게 쓰이고 있다. 이런.

시든 꽃

나이에 비해 맑은 피부와 눈동자를 가진 사람들과의 만남은 기분 좋다. 물론 그 반대의 경우는 서글프다. 시들어가는 꽃을 바라보는 일이 기분 좋은 사람은 없을 것이다. 하지만 시든 사람이 시든 사람과 놀기 싫다고 표현하는 것은 어쩐지 너무 비인간적으로 느껴진다. 사람들은 이기적인 사람이 싫어……라고 한다. 생각해보면 그 싫은 이유가 자신이 이기적이기 때문이다.

오랜만에 길에 나서 사람들을 만나면 처음엔 젊고 어린 사람들에게선 타고난 용모의 미추가 주로 보인다. 나이가 좀 든 자들의 얼굴에선 이러저러한 면들이 더 보이곤 한다. 그래서 나이들면 오히려 내면의 얼굴을 숨길 수가 없다고 하는가보다.

더덕더덕 고충이라는 누렇고도 검은 재 같은 것이 묻어 있는 얼굴.

매사를 계층과 권력으로 이해하는 일에 익숙한 자들이 가진 기름진 얼굴.

욕망과 질투로 불타오르다못해 건조해진 얼굴.

뭔가에 꽉 막혀 있어 검붉은색으로 빵빵하게 부풀어오른 얼굴.

하도 당하고 당해서(뭘 당했을진 잘 모르지만) 이미 모든 것을 포기했다는 듯 퇴색한 눈빛을 가진 얼굴.

소유한 것들을 잃을까 전전긍긍하는 불안하고 불행한 얼굴.

수분이 부족해 건조해지고, 주름이 지고, 검은 반점이 생기고, 원치 않는 곳에 털이 나더라도 담백하고 맑은 느낌을 주는 얼굴을 가진 나이든 사람을 만나기란 쉽지 않다. 자신의 내면의 거울을 들여다보라고 하지만 어려운 일이다. 어쩌면 두려울 수도 있겠다. 항상 자신을 타자화시키고 거리 두기가 가능한 자가 얼마나 있을까. 타인과의 비교를 통해서만 자신의 위치를 자각하고 누군가가 제시해준 모델이 있어야만 생존이 가능한 사람들. 자신이 늙어가고 있다는 사실을 정확하게 자각하는 일조차 스스로 하지 못한다. 자신을 자신으로 인정한다는 것이 무엇인지 배우지 못하고 늙어간다. 나이를 먹는다고 어른이 되는 것도 아니고, 늙는다고 더 성숙해지는 것도 아니다. 하지만 인간의 노화가 초라한 용모를 만드는 것만은 확실하고, 그렇게 신체적 약자가 되어가는 것이 우리가 거스를 수 없는 자연스러운 일인 것만은 분명하다.

이런 것들은 그저 작은 것들일 뿐이다 These are just small things, 2017, acrylic on canvas, 45.5×37.9cm 2p.

오래된 정원

　50여 년이 넘은 오래된 정원과 집이 개발에 의해 곧 없어진다고 하기에 그곳에서 꽃나무 몇 개와 화초를 캐 왔다. 그곳의 주인은 이제 80대이시다. 더이상 커다랗고 오래되어 낡은 주택과 정원을 관리하기 힘들어진 때가 왔다. 그의 상실감에 대해서 생각해보게 된다. 그 집은 그 집주인과 함께 젊고 싱싱하고 아름답게 빛나던 시절이 꽤 오래도록 있었을 것이다. 주인의 사랑을 받으며 손질되고 관리되어졌던 시절이 있었을 것이다. 주인은 처음에 그곳에 터를 잡고 집을 짓고 이것저것 고심 끝에 인테리어를 하고 가구를 장만했을 것이다. 이 나무를 심을까 저 꽃을 심을까 정원을 구획하고 계획하고 심고 옮기고 했을 것이다. 봄이 오면, 새롭게 태어난 꽃들과 풀들에게 날아드는 새와 나비와 곤충, 그리고 그 정원을 드나들던 고양이와 함께 집주인은 향기에 취했을 것이다. 아침, 커피 한 잔을 들고

눈이 온 뒤After the snow 35, 2018, acrylic on canvas, 31.8×40.9cm.

손수 가꾼 정원을 둘러보며 흐뭇해했을 것이다. 가을엔 이듬해를 위해 낙엽을 모았을 것이고, 겨울에 그들이 추위를 잘 견디도록 단속을 해주었을 것이다. 그렇게 오랜 세월 서로에게 위안과 기쁨과 행복을 주던 것들과 이별을 해야 하는 시절이 왔다. 뿌리가 깊은 커다란 꽃나무들은 내 힘으로는 캐내지 못했는데 그들은 그 집과 함께 운명을 마감해야 할지도 모른다. 그나마 내가 캐내 온 몇 가지 꽃나무와 화초들도 새롭게 바뀐 환경에 적응을 잘 못할지도 모른다. 아직은 언 땅에 힘겨운 삽질을 하며 너무 이른 이주로 인해 힘겨울 그것들을 걱정한다. 부디 잘 적응해서 살아주길.

세월엔 장사가 없고 우리도 유턴 없는 일직선의 길을 간다. 나의 집과 정원에도 그럴 날이 올 것이다. 창밖으로 눈이 내려 언 땅이 녹기를 멍하니 바라본다. 아직은 심고 갈고 닦아야 하는 나는 다시 삽질을 해야 한다.

눈이 온 뒤

"우리나라의 겨울 시골 풍경이라는 게 초라하기 그지없지. 스산하고. 왜냐하면 조복이 사라지기 때문이지. 게다가 논이 많아서 벼를 베어버리고 난 뒤의 논 풍경은 정말이지 쓸쓸하게 느껴진다고."

귀가 시릴 정도의 매서운 바람이 불고 공기는 차갑다. 사방을 둘러봐도 움직임이 있는 생명체를 찾아보기 힘들다. 모두 이 추운 날씨에 어딘가에 숨어서 견디고 있겠지. 그렇게 건조하고 추운 날들이 반복되다가 갑자기 바람이 멈추고 공기가 촉촉해진다. 하늘이 흐려지고 나의 눈도 뿌옇게 초점을 잃는다. 잠시 후, 눈이 내린다.

눈은 스산했던 풍경들을 덮어준다. 그래서인가. 눈이 오면 따스하다. 갑자기 옷을 바꿔 입은 다른 세상이 나타난다. 모든 것이 환하게 변한다.

'아…… 눈이 부시다.'

눈이 온 뒤, 눈 풍경도 주울 겸 산책길에 나선다. 집에 돌아와 눈이 그린 그림을 나도 따라 그린다.

눈이 많이 내린 다음날, 귀에 이어폰을 꽂고서 길을 나선다. 걷는 그 길엔 눈과 음악이 있다. 누군가 미래를 볼 수 있는 눈을 가졌다면, 참 슬플 거 같다. 어쩐지 미래라는 말이 나는 항상 슬프게 들린다. 미래를 걱정하는 현재의 삶을 달래어줄 수 있는 것은 하얀 눈과 음악뿐이란 생각이 든다.

산책길은 별로 특별하지 않다. 집을 나서 길로 들어선 후 어느 방향이던 걸으면 된다. 차가 다니는 길을 피해 주로 농로를 걷거나 둑길을 걷는다. 이렇게 눈이 온 뒤엔 인적이 드문 이곳에서 길은 어쩌면 의미가 없다. 개울이 얼고 그 위에 눈이 쌓여 있어 길인지 아닌지 헷갈린다. 개울만 헛디디지 않으면 된다. 찻길과 농경지, 작은 개울, 간간이 집들, 축사 그리고 먼 산, 가까운 산 등이 보인다. 안 그래도 없지만 추운 겨울날, 더욱 사람은 찾아보기 힘들다. 세상이 눈으로 덮여 있다. 지저분한 것들은 다 사라졌다. 눈 위를 걷는 걸음이 가볍지는 않다. 뿌드득 척 뿌드득 척 뿌드득 척 하고 걷는다. 내가 걷는 건지 신발이 걷는 건지 잘 모르겠다. 신발아. 네가 가고 싶은 곳으로 가렴. 콧김, 입김이 난다. 털모자를 쓴 머릿속에서도 김이 난다. 그리고 점점 발이 축축해져온다.

눈이 온 뒤 After the snow **시리즈**, 2017-2018, acrylic on canvas, 각 31.8×40.9cm.

조용한 날 Quiet day, 2015, acrylic on paper, 25×19cm.

조용하고 평안한

창밖으로 보이는 이웃의 논으로 여름이 오면 커다란 하얀 새, 백로가 날 아든다. 어떤 땐 여러 마리가 한꺼번에 온다. 그들의 우아한 날갯짓을 보고 있으면 아…… 여기가 어디인가? 란 생각이 들곤 한다. 그들은 벼 사이로 성큼 우아하게 걷는다. 참 멋지다. 아침밥을 먹고 난 후 소파에 잠시 누워 글렌 굴드가 연주하는 바흐의 평균율 클라비어를 듣는다. 이것이 단돈 2만원으로 누릴 수 있는 호사라니! 하며 감격한다.

최소의 외출을 하고 있다. 집 안팎을 정리하고 똥차처럼(?) 밀려 있던 작업들도 하나씩 둘씩 처리해나간다. 작업을 하다가 고양이들과 잠시 놀기도 하고 소파에 누워 낮잠을 자기도 한다. 책도 읽고 싶은 만큼만 읽다가 안 읽히면 내던져둔다. 밤에 잠이 안 오면 다시 꺼내 들면 된다. 몇 페이지만으로도 금방 수면제가 된다. 조용하지만 꽤 평안한 날들이다.

행복하게 작업할 수 있는 환경이란 어쩌면 환상일 것이다. 세상의 모든 일들이 그렇듯 내게 작업을 한다는 것은 어떤 날은 행복하기도 하지만 어떤 날은 불행한 감정이 들기도 한다. 어쩌면 처음부터 자신을 위한 일도 아니고 자신이 판단할 수 있는 일도 아닐지 모르겠다.

오래전에 몽골에 다녀온 적이 있다. 그때 어떤 사람의 눈빛을 만났는데 왜인지 계속 생각이 났다. 그 눈빛, 그 눈은 자연을 오래도록 바라보며 사는 사람의 눈이란 것을 깨달았다. 어떤 다큐멘터리를 보면서 그 생각이 더욱 확고해졌다. 사람의 눈, 마음의 창이라 불리는 눈. 어디선가 본 글이 생각난다. '사람(의 눈)을 포기하여서는 안 된다. 그래야 진정한 삶을 살 수 있다.' 잦은 비바람에도 흔들리지 않고 고정되어 적당한 빛을 내뿜는 눈빛으로 꿋꿋하게 자신의 삶을 살아가는 사람의 눈빛, 그것은 바라보는 이에게도 전염이 되어 마음을 다잡게 만든다. 다시 잡념을 쓱쓱 지우개로 지우고 무거운 입으로 차분하게 작업을 해야 한다. 내가 할 수 있는 것들을 지속해야 한다.

정성스럽게 노래할 때 Singing earnest songs, 2019, acrylic on paper, 25×19cm.

집과 길 Home and road 01,02, 2014, acrylic on canvas, 각 116.8×91cm.

집과 길

어느 날, 문득 가진 게 너무 많아 미간을 찡그리고 있다는 것을 알게 되었다. 어쩌면 내 것이 아니기에 부담스러운 것일지도 모른다. 소유의 유지가 힘들면 버리면 되는데 버리는 것 역시 쉬운 일은 아니다. 특히 싱싱하고 화려한 것들에 대한 질투심은 버리기 쉬운 일은 아니다. 어쩌면 이미 질투한다는 것은 내가 소유하고 즐길 수 있는 것이 아니라는 증거일지도 모르는데 말이다.

독야청청 살 수도 없고 관계 속에서 평화로울 수도 없는 우리는 그저 나약한 존재라는 결말만을 받아들일 수밖에 없는가. 어떤 찌꺼기 없이 깨끗하고 완벽하게 무언가를 정리하고 싶지만 도저히 그럴 수 없는 것인가.

달이 밝은 날, 달 속에 정말 토끼가 있다. 적어도 달은 지금 토끼를 소유하고 있구나! 하며 집으로 향한다. 봄이 무르익은 날, 집안의 창문으로 따스한 햇살과 함께 향기가 솔솔 밀려 들어온다. 아카시아! 너로구나! 아카시아 향기가 진동하여 어쩔 수 없이 다시 길을 나선다. 집에 있으면 길이 보이고, 길에 있으면 집이 보인다. 집과 길, 소유와 자유, 유목과 정착, 이 간극에서 왔다갔다하며 벗어날 수 없는 인생의 시간들을 축적하고 있다.

코너

친구들이 찾아왔고, 눈이 내렸다. 너희들이 이런 시골에서의 눈 풍경을 언제 봤겠니? 하며 내가 눈을 치울 기회를 주겠다고 그들에게 눈 쓰는 밀대와 빗자루를 쥐여주며 노동을 강요하자, 친구 중 한 명(그녀는 학교 선생님)이

"나도 학교에서 눈이 내리면 눈 치워야 돼. 지긋지긋해."

또다른 친구(그녀는 지방 도시에서 살고 있음)는

"야, 우리 동네 눈 풍경은 더 죽여줘."

라고 더 센 엄포를 놓는다. 아이고. 알았다. 알았다고. 나름 눈이 많이 내리는 내륙 산간지대에 산다고 생색내기가 이리도 힘들구먼.

이제는 자주 보지 못하는 친구들을 만나면 그들과 함께 만들었던 추억

침대 위의 고양이 The cat on bed, 2017, acrylic on canvas, 37.9×45.5cm.

을 얘기하는 나이가 되었다. 우리는 변화에 대해서도 이야기를 하는데 그것을 말할 때, 그 잠깐 사이 몇몇 문장이 흘러나올 때, 낮은 기압의 쓸쓸한 냄새가 풍긴다. 누군가가 변했다고 느끼는 것은 그와 나 사이에 이전과는 다른 거리가 생겼다는 뜻일 게다. 각자 다른 속도와 방향으로 움직이고 있는 우리는 서로를 언제까지 지켜볼 수 있을까.

눈이 내려 기쁘다가도 많이 내린 눈이 오래도록 녹지 않는 추위가 계속되면 그나마도 징그러워진다. 사람의 마음이 이토록 간사하다. 언젠가 추운 때에 북유럽을 간 적이 있다. 어느 항구를 찾아갔는데 저 멀리서 봐도 수면 위에 살얼음이 붙어 있는 물은 색이 시커멨다. 날은 매섭게 추웠고 그 색은 무서운 마음을 일게 했다. 그래도 항구로 가까이 갔다. 위에서 바로 내려다본 검은색 물과 얼음은 어! 생각보다 무척 맑았다. 내가 알던 푸른색의 물이 아닌 검은색 물도 맑을 수가 있었다.

뭔가를 새로 경험한다는 것은 익숙하지 않던 것을 만난다는 뜻이다. 처음엔 어렵다. 그래서 당황한다. 하지만 겪고 나면 쉬워진다. 그 경험으로 몸의 세포는 다음에 올 비슷한 상황들에 대해 익숙해져 쉽게 느껴지게 하기 위해서 기억한다. 살면서 익숙하지 않았던 새로운 도전들을 만나게 되어 있다. 게임에서처럼 이 악당을 처치하고 나면 다음 단계에서 다른, 새로운 더 어려운 상대가 나타나듯이.

코너에 도착했고, 그곳에서 그를 만났다. 그가 툭 던진(그가 오랜 시간 공들여 만져온) 말을 만났다. 내게 필요했던, 혹은 내가 기다려왔던 말. 내가 코너를 돌기 전까진 만날 수 없었던 말. 어떤 자극, 그러니까 자신의 견고한 상태를 흔들 만한 상황이나 대상을 만나게 되면 에너지의 끊김 같은 잠깐의 멈춤이 있게 된다. 그러곤 잠시 후 뭔가가 조금 바뀐 상태로 다시 그 (뭔가가 가감된) 에너지는 흐르기 시작한다. 그것이 무엇이라고 확연히 감지되건 그렇지 않건. 혹은 그러고 싶지 않건 그러고 싶건. 그렇기 때문에 누군가의 말처럼 놀랍게도 어쩌면 세상에 변하지 않는 것은 없나보다. 코너에 도착하기 전까지는 코너가 어디인지 알 수 없고, 그 코너를 돌기 전엔 이후에 뭐가 있는지 알 수가 없다.

눈이 온 뒤18 After the snow 18, 2018, acrylic on canvas, 31.8×40.9cm.

익숙한 길

한 달에 두세 번 정도 서울로 볼일을 보러 간다. 일을 몰아서 보고 난 후 친구들도 만난다. 이제는 서울에 가면 마치 낯선 도시로 여행을 온 것 같은 기분이 들기도 한다.

오랜만에 서울의 빌딩숲 아래 보도블록을 걷는다. 아. 역시 서울엔 모든 것이 정말 많구나. 내가 나서 자라온 서울. 이 익숙한 보도블록. 언젠가 나는 고개를 숙이고 이 보도블록의 반복 무늬 속을 걷다가 이런 소음에서 벗어나야지. 이런 많음에서 벗어나야지, 했다. 그러다가 어쩌다보니 사람이 많지 않은, 소음이 많지 않은(물론 다른 종류의 소음이 많음) 곳에서 살게 되었다.

친구들과 만나 장시간 입가가 다 헤지도록 장황한 그러나 즐거운 수다를 떤다. 아. 내가 너무 오랜만에 사람들 속에 있군. 점점 더 사람을 만나는 일이 드물어진다. 나는 꽤나 수다떠는 것을 좋아하는 인간인데 어쩌다보니 사람을 그다지 많이 만나지 못하며 살고 있다.

시티 라이프란 카페에 앉아 머신에서 방금 태어나신 향기롭고도 진한 크레마를 품은 커피를 한 잔 때리며 창밖의 빌딩숲 속에서 바쁘게 움직이는 도시인들을 쳐다보다가 앞에 앉은 상대와 뭔가 진지하거나 즐거운 토크를 하는 것이 아닐까. 와! 서울엔 정말 모든 것이 너무 많구나! 하고 카페 창밖을 내다보며 촌놈같이 구니, 같이 있던 친구가 뭐야? 너무 오버 아냐?! 언제부터 그렇게 시골에서 살았다고! 내 참, 하는 표정으로 어이없어한다. 그래서 내가 말했다. 시끌벅적한 도시 안에만 있다가 간만에 교외로 니들 이골 가서 만나게 되는 한가로운 전원 풍경, 맑은 공기 등이 낯설고도 신선하게 느껴지는 것과도 같은 맥락이 아니겠니. 그러니까 나는 지금 오랜만에 도시에서 자극받고 이 도시를 맛보고 있는 거라고. 흠흠. 이제 나는 오래되어 묵어가는 고도시 서울이 아름답다고 느낀다. 그만큼 적당한 거리가 만들어진 것이다. 오래된 것들이 귀하게 대우받았으면 좋겠다.

집에 돌아오는 길 날이 어두워졌다. 한 친구가 나를 따라 나의 집에 같이 오는 길이었다. 친구는 조용하고 깜깜한 어둠 속 헤드라이트 불빛을 보다가 집에 가는 길이 무섭지 않느냐고 물었다. 그녀에겐 가로등도 없는 이 시골길이 아마도 낯설고 외져 보였으리라. 나는 대답했다.

"익숙한 길은 무섭지 않은걸."

매우 초록

—어쩌면 나의 40대에 대한 이야기

ⓒ 노석미 2019

초판 1쇄 발행 2019년 11월 1일
초판 3쇄 발행 2019년 12월 20일

지은이 노석미
펴낸이 김민정
편집 유성원 권순영
디자인 한혜진
마케팅 정민호 박보람 나해진 최원석 우상욱
홍보 김희숙 김상만 오혜림 지문희 우상희
제작 강신은 김동욱 임현식
제작처 한영문화사
펴낸곳 난다
출판등록 2016년 8월 25일 제406-2016-000108호
주소 10881 경기도 파주시 회동길 210
전자우편 nandatoogo@gmail.com **트위터** @blackinana **인스타그램** @nandaisart
문의전화 031) 955-8865(편집) 031) 955-8890(마케팅) **팩스** 031) 955-8855

ISBN 979-11-88862-54-2 03810